KB261255

서간문 강화

이태준 문학전집 18

서간문 강화

이 태 준

차 례

일러두기

1. 이 책은 박문서관판 『서간문강화』(소화 18년, 1943년)를 원본으로 했다.
2. 이 책의 교정은 원본대로 했다. 그것은 당시의 입말을 살리는 게 좋겠다고 판단한 때문이다.
   한자는 꼭 필요하다고 판단되는 것만 병기했다.
   단, 현대어와 발음은 같지만 지금과는 다르게 표기된 단어만 현대 표기로 바꿨으며, 센발음으로 바꾼 것도 있다.
   (예: 기리→길이, 널비→넓이, 음으로→으므로, 벌서→벌써, 일직→일찍, 잠간→잠깐 등)
   문단의 형태도 원본에 따랐다.
   띄어쓰기와 기호, 일본 인명과 지명은 현대맞춤법으로 바꿨다.
3. 부록 중 「나의 외삼촌 상허 이태준」과 「문인들의 친필서한」은 원본에는 없는 것이며, 새롭게 붙인 것임을 밝힌다.
   특히 「문인들의 친필 서한」 중 수취인이 최정희로 되어 있는 편지는 소장처 아단문고의 배려로 실리게 되었으며, 그 밖의 편지는 박용철기념사업회, 정지용 유가족, 박영돈(서지학자) 님의 도움을 받았다.
   몇몇 편지에는 해제를 붙였으며, 판독이 가능한 편지는 해제를 붙이지 않았다.
4. 각주가 필요한 곳과 「문인들의 친필 서한」에 붙인 해제는 김용직(서울대 명예교수, 학술원 회원)님의 도움을 받았음을 밝힌다.

제1강 편지[書簡]라는 것

1. 편지는 왜 쓰는가?

편지를 왜 쓰느냐 물으면

"편지 할 일이 있으니까."

누구나 이렇게 대답할 것이다.

그 '일'이란 안 하여도 괜찮을 문안問安에서부터 안 하면 이해, 생사가 달린 중대한 것에까지 천차만별로 무한히 있을 수 있는 것이다. 그런데 이 무한히 있을 '일'이란, 반드시 편지부터를 쓰게 하는 것인가?

그렇지는 않을 것이다.

그 '일'이 있는 상대자를 만날 수 있다면 무엇하려 구태여 편지를 쓸 것인가? 얼굴은 못 보아도 좋다. 전화만 있더라도 무엇하려 편지까지 쓸 것인가? 만나면 말로 해버릴 것이요, 전화로도 말로 해버릴 것인데, 우선은 만날 수 없고 전화도 없으니까 할 수 없이 할말을 글로 써 보내는 것이다. 물론, 얼굴은 만날 수 있으나 굳이 피해서 편지로 하는 '일'도 없지는 않다. 그러나 그런 것은 어쩌다 있는 예외요, 대체로는 할말이 있는데 만날 수 없어 글로 써 보내는 것이다. 그러면 편지는 왜 쓰는가? 이에 다시 대답한다.

편지는 할말이 있는데 그 사람을 만날 수 없으니까 쓰는 것이다.

2. 편지는 왜 어렵게 생각되나?

편지를 쓴다는 것은 누구에게 있어서나 경쾌한 일은 아니다. 짐스럽고 어렵게 생각되는 것이 보통이다. 왜 그런가?

편지도 글이다. 글을 만드는 노력이 우선 싫은 것이다. 이것은 어쩔 수 없는 노릇이다. 아모리 명문가라도 말로 하겠느냐 글로 하겠느냐 하면 으레 말로 하기를 취할 것이다. 글 만드는 노력이 전혀 없이 편지는 되지 않는다. 다만 어떻게 하면 그 노력을 적게 할 수 있을까? 이 점은 물론 생각할 여지가 있다. 또 그것이 이 강화講話의 중점重點이기도 하다.

또, 편지는 남과의 대응이다. 반드시 받을 사람이 있다. 일인, 혹은 그 이상의 남을 상대해야 한다. 그를 부르는 명칭에서부터 말씨에까지 인사를 채려야 한다. 그것이 안 해본 사람으로는 겁이 나는 것이요, 보내는 사연도 곧 사라지는 말이 아니라 형적形

迹이 남는 글이다. 형적이란 종이 우에 글자뿐이 아니라, 쓴 사람의 마음에서부터 손에까지 전체의 솜씨가 남는 것이다. 아모리 간단한 사연이라도 한 내용을 문장화한 솜씨가 남는 것이다. 편지도 '나'를 '남'에게 보이는, 훌륭한 자기표현의 하나인 것이다.

'숭을 잡혀서는 안 되겠다'

는 자존심이 일어난다. 이 자존심이란 자기 부모님께까지 일어나는 상당히 강한 것으로, 편지를 어렵게 생각하게 하는 가장 중요한 원인이 되는 것이다.

이 자존심을 모-든 편지에서 쉽사리 만족시킬 수는 없는가?

글 가운데 편지만치 실용적이어야 할 글이 무엇인가? 인류생활에서 글이 제일 먼저 또 제일 널리, 필요했던 것은 아마 편지때문이었을 것이다. 한 식모급의 여인도 무슨 글보다 편지는 필요해 하는 것이요, 어느 급사로 있는 소년에게도 다른 글은 일년에 한 장을 안 써도 편지만은 여러 장을 쓰는 것은 어디서나 볼 수 있는 사실이다.

이렇듯 보편적이요 실용적인 편지글이 원칙적으로 어려워야 할 이유는 아모리 생각하여도 없는 것이다.

그럼에도 불구하고 조선에서는 오랫동안 이 원칙을 벗어나 쓸데없이 편지를 어렵게 써 오게 되었다.

편지를 그 이름부터 서장書狀이니, 서간書簡, 서한書翰이니, 또는 서독書牘이니, 척독尺牘이니, 한묵翰墨이니 하고 출처 깊은 데서 끌어다 한문으로 형용形容해 왔다.

첫째, 옛날에는 공문서가 오늘처럼 형식이 사무적으로 발달되지 못했다. 사건별의 일정한 용지도 없었으므로 백지에 붓으로 적는 그 서식이란 사신私信과 과히 다를 것이 없었다. 공문과 사신에 과히 거리가 없었다는 것은, 사신이 너무 공식화했을 것이라는 것을 의미하는 것도 된다. 생활하는 말을 그냥 적어 사적 의견과 감정을 전하기에 가장 편리한 글자가 있었으면서 공식적인 한문투식과 술어에만 붙들려 버렸다. 언문으로 쓰는 것은 부녀자들이나 하인배들이 할 것으로 천시해 왔다. 아모리 사신이라도 자존심이 떳떳할 정도로 한 장 써 내자면, 상관에게 올리는 공문 한 장 어엿이 써 내일 만한 한문 문장가가 아니고는 꿈도 못 꿀 일이었다. 한문 문장이란 외국 문장이다. 외국문 중에도 영문보다, 독문보다 몇 배 어려운 외국문이다. 영문이나 독문으로는 4~5년만 배워도 편지는 쓴다. 한문은 방학도 없이 그것 한 가지만 10년을 배운 사람도 편지 한 장 제대로 못 쓰는 것이 사실이다. 이런 어렵기로 세계 1위인 한문으로 쓰되 관료적인 완고한 투식에 끌리었다는 것이 편지를 여간 어렵게 만든 원인이 아니었다.

둘째, 한묵翰墨이란 것이 있다. 그냥 편지와는 다르다. 선비와 선비 사이에 시문서화詩文書畵를 증답贈答하며 예술과 학문으로 사귀는 편지를 가리킴이다. 지금처럼 신문과 잡지가 없던 시대라 서로 사신私信을 통하는 수밖에 없었다. 이런 편지들은 훌륭한 수필이요 훌륭한 평론인 것이 많았다. 이런 고아高雅한 운치

와 문학적인 점을 시문서화에 문외인들이 허턱 본받으려 한 것이다. 실력은 없이 멋만 따르려 하니 정작 제가 하고픈 말은 구성을 못하고 시절류의 미사여구만 나열하게 되었던 것이다. 이런 사람의 편지가 자기보다 글이 조곰이라도 나은 사람에게라면 불안이 없이 보내졌을 리가 없다. 그러니까 편지는 알어갈수록 어려운 것이 되여버렸다.

3. 편지에 한문투식을 찾을 것인가?

아버님께 편지를 쓴다 치자. 우선 우리 머리에 떠오르는 것은

'부주전父主前*' 상백시上白是*' 니

'복미심伏未審*' 이니

'복승심伏承審' 이니

하는 따위인데 이 밑에 붙일 말은 그때 시절을 따라 척독대방尺牘大方 같은 책을 뒤지면 '맹춘孟春*' 이니 '유하榴夏*' 니 '엄동嚴冬' 이니가 나와준다. 그 다음에 '기체후일향만안氣體候一向萬安' 까지도 옮기어다 쓸 수 있다. 그러나 동생들도 잘 있느냐 여쭈어 보고 싶은데 그런 말은 여간해 찾을 수가 없다. 그만 묻고 싶은

---

* 부주전(父主前) : '아버님앞', 곧 아버지에게 올리는 편지글에 쓰는 말.
* 상백시(上白是) : 상사리. 윗사람께 쓰는 편지글 첫머리나 끝에 사뢰어 올린다는 뜻으로 쓰는 말.
* 복미심(伏未審) : 미심(未審)은 미지(未知)와 같은 뜻. 복(伏)은 아랫사람이 삼가서 하는 말. 복미심은 '삼가 안부 듣지 못하온 바' 의 뜻.
* 맹춘(孟春) : 초봄. 음력 정월을 달리 이르는 말.
* 유하(榴夏) : 석류꽃이 피는 달. 음력 5월.

것을 못 묻고 만다. 더구나 '취복백就伏白*' 하여 놓고 이 편지의 목적인 정작 여쭈어야 할 말을 써야 할 때에 이르렀다. 첫머리에서 '상백시' 니 '복미심' 이니 해 놓았으니 여기 을리도록 한문식으로(상백시는 워낙은 한문도 아니지만) 써야 할 터인데 꼼짝 할 수가 없다. 얼마를 진땀을 흘리다가는 할 수 없이 겨우 '취복백' 만은 지워버리고 "다름 아니오라 이번에……" 하는,

'말하듯'

으로 써 버리는 것이다.

얼마 전에 어디서 이런 편지를 구경한 일이 있다.

"…차무정지인此無情之人아 상경上京, 어언간於焉間에 경성화일가지京城話一可之도 불송不送하나……"

한참 생각해서야 이 편지의 사연을 겨우 터득하였다.

"이 무정한 사람아 서울 간 지 벌써 얼마인데 서울 이야기 한 가지 써 보내지 않는단 말인가"

이런 뜻이었다. '상서上書' 니 '근미심식謹未審式' 에 억지로 조화를 시키려는 눈물겨운 희극이 아니고 무엇인가.

한문식의 모든 투식투어套式套語를 버리자. 일문一文의 가치도 없을 뿐 아니라 편지 한 장의 글일지라도 조화를 깨트리는 폐단만 생기고 '일가지一可之' 류의 멀쩡한 사람을 반벙어리로 만드는 해독만 끼치기 때문이다.

---

* 취복백(就伏白) : 나아가 여쭙는다는 뜻. 웃어른께 쓰는 편지에서 안부를 물은 다음, 여쭙고자 하는 말을 적기 시작할 때 쓰는 말.

한문은 적어도 반평생 전문專門은 안 해가지고는 어떤 사연이든지 무난히 써내지 못하는 것이다. 지금 세상에 누가 한문 한 가지만에 2, 30년씩 바칠 수 있는 것인가? 편지는 식모도 필요하고 급사도 필요한 누구나의 생활수단의 하나다. 말을 전하기 위한 수단으로 편지이지 편지를 만들기 위한 편지는 아니다. 전화만 보급이 된다면 편지란 소용없는 시대가 올는지도 모르는 것이다. 우리 생활 모든 각도에서 한문투의 양식은 사라진 지 오래다. 편지에서도 그런 양식은 청산해 버리는 것은 문화사적으로 당연한 일일 것이다.

4. 잘 쓴 편지란 어떤 것인가?

편지는 "남과의 대응"이라는 말을 우에서 하였다. 또 편지는 "할말이 있는데 그 사람을 만날 수 없으니까 쓰는 것"이라 하였다. 그러면

'남을 좋게 대하고 할말을 분명히 전한다면'

그것은 틀림없이 '잘 쓴 편지' 일 것이다.

방자가 말을 조심하여 한답시고 이도령식으로 해보라 방자로는 주제넘은 짓이요, 이도령이 말을 다정하게 한답시고 춘향이 투로 해보라 그것도 상대편을 불쾌케 하는, 이도령으로는 외식外飾이 아닐 수 없다. 이는 모두 남을 좋게 대하는 것이 못 된다.

'저대로라야 한다.

자기다워야 제일이다.'

편지에서만 저 이상으로 유식하게 꾸미어 쓰면 차라리 거짓일 뿐 아니라 받는 사람에게 자기의 실감을 보내주지 못한다. 만나서 손을 잡고 지껄이듯 자기 투대로, 글로 지껄이라. 그러면 그 글에는 자기의 사진까지 따라가는 것처럼 저쪽을 반갑게 해줄 것이요 도장을 글자마다에 찍는 것 이상으로 친서親書다운 미더움도 줄 것이다.

'반갑게 해주고
미덥게 해주고
그리고 할말을 군소리 없이,
빠트림도 없이 적는다면'
그것은 '잘 쓴 편지' 임에 틀림없을 것이다.

> 그리 간후의 안부 몰라 하노라 어찌들 있는다 서울 각별한 기별 없고 ×××물러가니 기꺼하노라 나도 무사히 있노라 다시금 좋이 있거라
>
> 정유丁酉 구월 이십일

일시 궁궐을 떠나 계시던 선조대왕께서 역시 다른 곳에 가 있는 셋째 따님 정숙옹주貞淑翁主에게 보내신 편지다. 얼마나 마조보고 말씀하시듯 쓰신 것인가. 한문으로 격식을 채린 편지보다 얼마나 쓰신 그 어룬의 호흡까지 느껴지는 친서다운 글인가. 말하듯 쉽게 씌어졌다 해서 품品이 없는가 하면 그렇지도 않다. 어떤 문자로 쓰든 이렇게 간략하면서도 이만큼 품이 높기도 어려

울 것이다. 어디까지 실용의 글인 편지는 간명簡明 제일주의라야 할 것이다.

5. 편지도 문학인가?

편지도 필자 따라서는 훌륭한 문학일 수 있다. 문학뿐 아니라 학문일 수도 있다. 이것은 현대보다도 과거시대에 있어 더욱 그랬다. 우에서도 말하였지만, 신문이나 잡지가 없던 시대라 문인에게 있어선 편지가 대부분 문학이었고 학자에게 있어선 편지가 대부분 학문이었었다. 성대城大의 후지쓰카藤塚 교수가 그의 학위논문인 「이조李朝와 청조淸朝의 문화교류」란 것도 완당阮堂(김정희)이 청조의 문인학자들과 주고받은 편지를 연구해서 얻은 논설이었다. 여기에 잠간, 그 완당의 문집 목록을 보드라도, 권1에 고攷, 설說, 변辯, 권2에 소疏, 서독書牘, 권3에 서독書牘, 권4에 서독書牘, 권5에 서독書牘, 권6에 서序, 기記, 제발題跋, 권7에 전箋, 명銘, 송頌, 잠箴, 상량문上樑文, 제문祭文, 묘표墓表, 잡저雜著, 권8에 잡지雜誌, 권9에 시詩, 권10에 시詩, 이와 같이 전 10권에서 한 가지가 세 권 이상을 차지한 것이 서독書牘, 즉 편지이다. 이렇게 과거에 있어서는 한 문인이나 한 학자의 생애에 있어 편지란 그의 업적의 대부분을 차지하는 것이 되었다. 문집을 가진 이치고 서독편書牘篇이 없는 이가 없다. 이 서독풍書牘風은 문집을 갖지 못하는 모든 선비들에게까지 영향을 준 것은 물론이어서, 편지라면 으레 '풍류'가 드러나고 으레 '유식'이 드러나야 할 줄 알게 되었다. 그때 사람들로 편지라면 으레 문학감文學感을 일으키게 된 것은 무리가 아니었다.

그러나 오늘은 어떠한가? 문인에겐 문학을 발표하는 잡지와 신문이 따로 있고, 학자에겐 학문을 발표하는 기관이 편지보다는 더 편리하고 효과적인 것이 얼마든지 있다. 특수한 예는 없지 않겠지만, 일반으로, 현대에 있어서는,

편지와 문학은 따로다.

현대라고 편지에는 반드시 실제적인 용무만을 써야 한다는 철칙은 아니다. 편지는 누구나 가장 쉽게 가져볼 수 있는 자기의 문장표현이다. 문화적으로 비록 유치한 사람에게도 비실용적 감정, 비실용적 시간은 있다. 서투른 문장으로라도 서로 마음을 주고받는 친구끼리는 인생을 논하고 자연을, 운명을 감탄하는 문장을 곧잘 주고받는다. 누구에게나 편지는 문학적 표현의 초무대初舞臺가 되는 수가 많다. 그것이 나쁘다는 것은 결코 아니다. 그것은 편지지만 감상문인 편이니까 따로 공부할 것이요 편지로 배울 것은 아니다. 우선

'편지는 문학이 아니라 실용문이다!'

이런 신념으로 쓸 것이다.

제2강 새로 쓸 칭호稱號와 투어套語들

우에서 '부주전父主前' 이니 '복미심伏未審' 이니 따위 한문식의 투식 용어는 해독만 끼칠 뿐이니 버리자 하였다. 또 "저대로라야 한다. 자기다워야 제일이라" 하였다. 그러면 편지에서라고 따로 '말투' 가 필요치 않다. 받을 사람을 생각하고 저로서 인사성 있는 말로 부르면 그만이요, 또 그렇게 사연을 쓰면 그만이다.

1. 칭호에 대하야

아버지께 하는 편지라면

"아버지"

어머니께 하는 편지라면

"어머니"

하여 좋은 것이다. '부주父主' '모주母主' 는 역시 사연까지도 한문으로 써야 하는 편지에서만 필요한 것이다. 사연까지 한문으로는, 현대의 우리는 쓸 수도 없고, 또 받는 아버지나 어머니도 읽기에 불편하실 것이요, 또 그분들도 답장을 한문으로 못 쓰실 것이다. 그러면 결정적으로 한문 편지는 필요치 않게 된 것이다. 또 그러면 한문식 투어를 부분적으로만 쓸 필요는 더욱 없는 것이다.

"아버지"

"어머니"

하여 좋다. 그런데 여기 다소 미묘한 어감 관계는 있는 것이다.

'어머니' 는 쓴 것이 아니라 너머나 부르는 맛이다. 부름에는 소리가 있으니까 좋지만 쓴 편지에는 녹음錄音은 안 된 것이라 이쪽의 목소리는 가지 않는다. 받는 그 어머니의 그때 기분 따라서는 '어머니' 만의 자식의 실감을 느끼고 더 기뻐할 수도 있지만, 반대로 너무 단조單調한 한 개 원어原語만에는 무표정을 느끼고 불쾌해할 염려도 없지 않은 것이다. 그러니까 일반적으로 원어보다는 발달된, 장식裝飾된

"아버님"

"어머님"

으로 쓰는 편이 좋을 것이다.

"할아버님"

"할머님"

"아저씨"

"아주머님"

"형님"

"누님"

"사둔님"

"선생님"

"아즈브님"

이렇게 쓰면 된다. '조모주祖母主'니 '숙부叔父主'니보다 얼마나 실감이 나고 친근미가 나고 성향미聲響美까지 나는가. '님'이 안 붙어지는 칭호도 있다. 우에도 나왔지만 '아저씨'나 '매부'나 '처남' 등이다. '매부'는 '자형'이니 '매형'이니 하는 말이 이미 속어화했으니까 그냥 써도 좋지만 그런 약속을 아조 벗어버릴 바엔 만나서 친절히 부르는 그대로 '매부' '처남'으로 써서 부족됨은 없을 것이다. '님'을 못 붙이나 그 아래 '께'라든지 '보십시요'라든지 '께 올립니다'가 붙으면 헌다하다.

2. 투어套語에 대하야

먼저 '전상서' 니 '상백시' 니다. '상백시' 는 사실은 한문도 아닌 것이다. '상사리' 를 이두법으로 기사記寫한 조선말인 것이다. 그러나 '상사리' 도 현대 우리 입이나 귀에는 당치않다.

'~께

에게

보시옵

보십시오

보옵소서

보시게

보아라

드립니다

올립니다'

이런 말들이면 그만이다.

'×선생님께

××에게

사둔님 보시옵

언니 보십시오

아버님 보옵소서

아우님 보시게

××보아라

어머님께 드립니다

할아버님께 올립니다'

'께'는 꼭 '선생님'에게만 쓰고 '올립니다'는 꼭 '할아버님께'에만 쓰는 것도 아니다. 같은 경어요, 같은 평어라면 어감 따라 마음대로 골라 붙일 것이다.

또 칭호어 우에 한 관사冠詞가 붙을 수도 있다. 이것도 생활어 그대로 쓰려니까 자연히 나타날 것으로, 이를테면,

평소에 어디 아저씨, 어디 아주머님으로 불러 왔다면, 그대로,

서울아저씨 보옵소서
다방골아주머님 보옵소서

하는 것이 더 적절하고, 선생님인 경우에는, 성姓을 붙이고, 특히 호가 있는 분에겐 호를 붙이고, 교장이나 과장인 경우에는 성이나 호 대신 직함을 써도 좋을 것이다.

김선생님께
매창梅窓 선생님 보옵소서
교장선생님께 올립니다.
과장선생님 보시옵

서양의 "마이 디어-"를 직역하여 "나의 사랑하는 ××군에게"라고 쓰기들도 하나 우리 동양인 생활에는 아직은 자연스럽지 못한 언어 양식이라 아무래도 호들갑스러워 보이는 것이 사실이다. 정말로 그다지 정열이 솟는 바엔, 애낄 것 없이 쓰라. 일반으로는 과장이 되기 때문에 권하고 싶지 않다.

상대편을 이렇게 말하듯 불러 놓고야 서두가 따로 어려울 리 없다. 물론 안부부터 물어야 하나 상대 따라 시절 따라 여러 가지일 것임으로 서두는 아래에 나올 문례文例들을 보기로 하고 안부가 그친 다음에 정작 사연을 내는 말로,

"다름 아니와"

는 미리 기억해둘 필요가 있다.

다름 아니와
오늘 여쭐 말씀은

어감 따라 상대자에게 적당히 토를 달 것이며 끝에 가서도

총총 이만 끄칩니다.
이만 붓을 놓습니다.

이런 말이면 충분하다. 제 이름의 우와 아래에다도 '소자小子'니 '제弟'니 '상서上書'니 '재배再拜'니 써야만 마음이 놓이는 것 같음은, 역시 막연한 습관일 따름이다. "너의 사랑하는 ××로부터"도 우읫 "나의 사랑하는 ××에게"와 같은, 아직은 호들갑일 뿐이요, 간명하게 성명만을 쓰는 것으로 넉넉할 것이다. 성을 씀은 받는 사람과 성이 다름을 암시하는 것도 됨으로, 동본동성 간에는 성을 쓰지 않는다. 한집안 사람끼리는 이름만 쓰면 된다. 아직 이름만 오뚝 남기는 것에 용기가 나지 않거든,

×× 드림
×× 드립니다.

해도 괜찮다.

이것들은 대개 아랫사람이 웃사람에게 하는 투였으나, 웃사람이 아랫사람에게 하는 것은,

'께'를 '에게'로
'보옵소서'를 '보아라'로
'다름 아니와'를 '다름 아니라'로
'끄칩니다'를 '끄친다'로
'드립니다'를 '보낸다'

이런 정도로 고치면 될 것이다.

봉투에도 투어가 있다.

씨氏, 전殿, 선생, 형, 인형仁兄, 대형, 군, 양, 좌하座下 등이요 요즘 많이 쓰이는 것인데 여기서는 제일 높은 것이 '좌하座下'다. 조부모, 부모, 교사에게 써 마땅하다. 부모, 조부모라도 봉투에는,

×××좌하座下

라 성명을 쓰는 것이 옳다. 아모리 내용은 은밀한 사신이라도 우편으로 보내는 이상, 봉투는 먼저 우편취급인에게 보이는 사무적 표시이기 때문이다. 봉투에서만은 한자투어를 그대로 쓰는 것도 이 사무적인 표시이기 때문이다. '본제입납本第入納'이니

'소자小子 ××상서上書' 이니는 다 사무적인 기술은 아니다. 아모리 높은 사람에게라도 봉투에는 그의 성명을 쓸 것이요, 아모리 동본동성이라도 자기의 성명도 다 쓸 것이다.

좌하座下-조부모, 부모, 교사, 그 외라도 공경해야 할 어룬에게
선생先生-교사, 어룬, 사회적으로 이름난 사람에게
여사女史-일반 부인에게
씨氏-자기와 나이나 지위가 비슷한 사람에게
전殿-상하를 가릴 것 없이 일반적으로 쓰되 남자에게만
형, 인형仁兄, 대형-씨와 같되 좀 정답게 쓰인다
군-친구나 아랫사람에게
양-동년배로부터 아랫사람에게까지 쓰되 처녀에만

이외에 어룬으로 자식 같은 수하자手下者에게는 '전展' 이니, '즉전卽展' 이니 '즉견卽見' 이니 '개견開見' 이니를 향용 쓴다.

아래에 실례를 많이 보이겠으므로 이강講은 이것으로 끄친다.

제3강

제3강 연하 편지와 축하 편지

1. 연하장

나는 여러 해째 연하장을 별로 해보지 못하였다. 남다른 무슨 주장이 있어서가 아니라 모든 것에 '인사성' 없는 내 버릇일 뿐이다. 그러나 새해 첫 아침이면 은근히 연하장이 기다려지는 심사는 무시할 수 없었고, 더구나 까-맣게 잊었던 친구에게서, 혹은 전혀 모르는 독자의 한 분으로부터 연하장을 받아 들 때, 그 새해다운 기쁨이란, 새옷이 주는 것 훨씬 이상인 것이다. 내가 행하든 못하면서도 나는 연하장의 미덕을 높이 평가는 하려 한다.

에스키모와 같이 언제든지 백설의 천지라든지, 적도하의 열대지방처럼 언제든지 녹음뿐이라면, 일력日曆을 보기 전에는 언제가 12월인지 언제가 정월인지 분별키 어려울 것이다. 그러나 조선과 같은 데는 춘하추동 네 절기가 눈만으로도 분명히 알 수 있고 피부만으로도 틀림없이 느낄 수 있는 것이다. 겨울이 끝나고 새봄이 다시 시작된다는, 한해가 끝나고 새해가 다시 시작된다는, 송구영신의 기분은 하필 일력을 들여다보아야만 아니라 계절 그것이 우리 전신에 감각시켜 주는 것이다. 연월일을 새로 계산한다는 그것보다도, 죽엄의 겨울이 지나고 신생의 봄이 온다는, 다시 새 희망의, 새 축복의 계절이 온다는 그것에 이곳 신년의 기쁨은 큰 것이다. 이런 감격의 계절을 맞이하는 수도首途에 있어 오래 잊었던 어룬과 친구를 생각하고 그에게 축복과 함께 잊어버리지 않고 있노라는 정의情義를 한 장 엽서로나마 채림은 결코 허례라고 폄하할 것은 아니라 생각한다.

그러나 연하장이라고 전적으로 기쁘기만 한 것은 아니다. 더러는 받아서 의외에 불유쾌한 것도 있다. 이런 연두年頭의 미사美事를, 안 하면 모르되, 할 바에는 효과적이게 해야 할 것이다.

먼저 받어서 약간 불쾌하였던 연하장 몇 가지를 예를 들자.

1) 우표를 붙이지 않고 '절수별납우편切手別納郵便' 이란 인印으로 온 것.
2) 무슨 잡지의 포장지에처럼 받을 사람 이름 밑에 '씨氏' 나 '전殿' 자를 인쇄한 것.
3) 본문과 일부日附와 자기 주소까지는 모르지만 자기 성명을 인쇄한 것.

4) '임오壬午' 라든지, 소화昭和 몇년이란 것을 박지 않고 '월일' 만 박은 것. (이것은 작년에 쓰다 남은 것인지도 모르기 때문에)

5) 그 사람의 글씨를 아는데 대필을 시켜 온 것, 또는 자필이라도 함부로 쓴 것.

연하장이란 우편의 발달과 함께 최근에 들어온 풍속이다. 그러므로 문면文面이 충분한 번역을 요하리만치 생소하다. 흔히 웬만한 데는

"근하신년謹賀新年"

이요, 좀 공대해야 될 데는

"공하신년恭賀新年"

이다. 나는 이것도 말하듯 쓰는 것이 좋다고 생각한다. 여러 천년 세련되어 온 '새해인사' 가 말로 훌륭히 있는 것이다.

"과세 안녕히 하셨습니까?"

"올에는 소원성취하신다니 기쁩니다."

이런 말을 그냥 옮겨 써도 좋을 것이다.

"과세 안녕히 하셨습니까?"

하나만 써도 좋고,

"올에는 소원성취하신다니 기쁩니다."

하나만 써도 좋다. "올에는 소원성취"라면 지난해에는 소원성취 못하였다는 말로 들릴 수도 있으니까 "더욱" 한마디쯤 넣어

"올에는 더욱 소원성취하신다니 기쁩니다."

하면 그야말로 더욱 좋을 것이요 또 두 가지를 함께 써도 좋을 것이다.

"과세 안녕히 하셨습니까. 올에는 더욱 소원성취하신다니 기쁩니다."

혹은, 이 투를 얼마 풀어서 자유스럽게 써도 좋다.

"과세 안녕히 하셨습니까. 올에는 더욱 복 많이 받으시기를 빕니다."

"과세 안녕히들 하셨습니까, 새해에는 댁에 더욱 경사가 많기를 바랍니다."

그 중에도 아들을 바라는 집 같으면,

"과세 안녕히 하셨습니까. 올에는 아드님을 보신다니 기쁩니다."

장사를 하는 사람에게면,

"과세 안녕히 하셨습니까. 올에는 부자가 되신다니 기쁩니다." 하여도 좋다. '보신다니' '되신다니' 하고 결정적인 토를 다는 것은 되기를 바라는 수사의 최고급으로 발달된 것이니 그대로 쓰는 것이 좋고, '아드님' '부자'를 노골적으로 쓰는 것도 순박한 한편 간곡하기도 한 것이니 흉허물 없는 사이에는 그대로 써 마땅할 것이다.

'과세'란 말을 많이 썼다. 연하장이란 사실 신년의 축하장이다. 신년이 되기 전에 쓰는 것이 항용이지만 워낙은 신년 아침에 쓰는 것이 원칙일 것이다. 그러므로 과세를 잘했느냐고 으레 물어야 할 것이다. 정월 일일 부의 신문이 제야에 배달이 된다. 그뿐 아니라 부록 페이지들은 인쇄가 여러 날 앞서 되기도 한다 그런 신문에 '신년희호新年戱毫' 라는 글씨나 그림이 곧잘 나는 것이다. 따지면 결코 '신년희호' 일 터 없다. '구년 말의 희호' 들임에 틀림 없는 것이다.

연하장도 세배의 대신일 것이다. 세배란 늦은 것은 괜찮아도 설날 전에 미리는 못 하는 것이다. 그러니까 연하장도 차라리 메칠 늦기는 할망정 '구년말희호舊年末戱毫' 식은 옳지 않다고 생각한다.

철필鐵筆보다는 모필毛筆로 쓰는 것이 더 정중해 보인다.

간명하게 쓸 것이되 너머 판에 밖은 듯한 투식套式 문구이기보다 자기다운 말을 넣는 것이 받는 이에게 더 반가워진다 '일월원단一月元旦'이니 '원월원단元月元旦'이니 '정월원단'이니 쓰는 것은 잘못이다. '원단' 그것만으로 '일월 일일' 전부를 의미하기 때문이다. 그러니까 '원단'을 쓰려면 '일월'이니 '원월'이니 '정월'이니는 빼고 그냥 '임오원단壬午元旦' '소화 십칠년昭和十七年 원단元旦'이라 써야 한다. 연하장에다가, 아모리 사소한 것이라도 무엇을 부탁하는 말을 겸해 쓰면 예가 아니다.

엽서가 아니라 봉서封書라도 연하장인 바엔 우윗 문구들이면 그만이다.

말하듯이 쓴다면 '원단'도 필요치 않은 것이다.

과세 안녕히 하셨습니까. 올에는 더욱 소원성취하신다니 기쁩니다.

임오년 설날 아침

임오壬午니 경신庚申이니 대신 소화 몇년을 써도 좋고, 설날에 미처 못 썼으면 쓰는 그 날짜로 '정월초 ×일' 이라고 고치면 될 것이다. 엽서이면 자기의 이름은 주소와 함께 표면에 쓸 것이요 봉서이면 본문 종이가 따루 넓을 것이니까 그 본문 끝에 써도 좋을 것이다. 내가 받아 본 연하장 중에서 몇 가지를 추려 여기 옮기니 참고하라.

● 과세 평안히 하셨습니까? 올에는 특히 댁을 신축하시고 맞으시는 봄이라 더욱 경사 거듭하시기를 바랍니다.

소화 십오년 원단

● 새봄이 왔습니다. 선생께서는 벌써부터 새 구상이 많으시겠지오! 올에는 더욱 보중하시어 걸작을 많이 읽혀주시기를 축원합니다.

임오 정초

● 선생님 새해 안녕히 맞으셨습니까? 올에는 더욱 복 많이 받으셨다니 기쁩니다. 여기는 선생님께 보여드렸으면 싶게 눈이 곱게 와 덮였습니다. 순백한 지평선을 머얼리 바라보며 한 장 엽서로 세배를 대신하옵니다.

임오면 설날

● 과세 평안히 하셨소? 우리 어부의 겨울이란 지난支難도 하외다. 붕어란 놈들도 얼음 밑에서 꽤 주릴 것이오. 올에는 재미 많이 보시도록 용왕님께 복을 두둑히 타십시오. 하하

임오 신춘

● 새해 안령히 맞으셨습니까? 복 많이 받으셨기 바라오며 지난해엔 선생님께 폐를 너머 많이 끼쳐드려 죄송합니다. 그러면서도, 올에도 버리지 마시고 여러 가지로 지도해주시기를 첫날부터 또 바란답니다.

설날 아침

2. 축하 편지

예전에는 기쁜 일이나 슬픈 일이나 찾아가는 것이 인사였다. 그래 연하장이란 것도 없었다. 연하장을 할 만한 사이면 찾아가 세배를 하는 것이 원칙이요, 잔치에나 초상에나 인사를 치러야 할 사이면 원근을 불구하고 찾아가야만 인사였다. 지금은 옛날이야기지만, 평양의 황모라는 이가 무슨 일로 서울에 왔다가 서울 친구가 친상親喪을 당했다는 말을 들었다. 퍽 친한 사이라 조상을 가야만 하게 되었다. 서울 왔던 길에 서울 조상을 하기란 좀 쉬울 것인가. 그러나 이것은 오늘 우리의 상식이요 그때 황모의 상식은 아니었다.

"친구의 친상인데 왔던 길에 조상을 허다니! 그건 하는 게 아니라 때이는 거다!"

황모는 그날로 평양으로 나려갔다가 기차도 없던 그 시대에, 그 익일로 다시 떠나 서울로 와 조상을 갔다는 것이다.

이처럼 예의가 돈독하던 때라 일장서면一張書面이란 오히려 실례였다. 그러나 우편이 발달된 덕도 있겠지만 현대인은 훨씬 바빠지기도 하였다. 또 일을 당한 그 집을 위해서도 편지보다 사람이 가는 것은 오히려 폐가 되는 수가 있다. 축하에나 위문에나 편지가 절대로 필요하게 되었는데 한 가지 주의할 것은 형식적인 허례다.

아무 문구도 없는 명함만이라도 위로가 안 되는 바는 아니다. 그러나 명함이란 찾아왔던 표이기나 하다. 우편으로 보내는 것까지 그런 형식적인 종이일 뿐이라면 그것은 차라리 보내지 않는 것이 옳다.

어찌하면 형식적이란 인상을 주지 않을까?

그것은 별것이 아니다. 단 한마디를 쓰드라도 진심에서 쓰면 된다.

어찌하면 진심을 쓸 수 있을까?

그것도 별것이 아니다. 기쁜 일이면 그와 함께 기뻐하고, 슬픈 일이면 그와 함께 슬퍼하라. 그러면 진심진정은 이내 종이 우에 쏟아지는 것이다.

마음에 없는 것이라도 글로 꾸밀 수는 없는가?

전혀 불가능한 것은 아니다. 문장의 기술이란 어느 정도의 효과는 있는 것이다. 그러나 열 기술이 한 마음을 못 당하는 것은 편지뿐 아니라 일반 문장의 원리인 것이다.

〈신혼을 축하하는〉

● 얼마나 기쁘십니까?
결혼은 나이만 차면 누구나 합니다마는, 한 숙녀를 맞이하시기에, 한 가정을 이룩하시기에 무얼로나 원만한 분이 형兄이셨습니다. 어서 형께 이런 경사가 있기를 기다리던 저는 저이집 일처럼 기쁩니다. 더욱 듣자오니 영부인께서도 명문의 따님으로 재덕을 겸하셨다 하오니 형께서는 가정행복을 위해서뿐 아니라 사회발전에도 내조가 크실 것을 믿습니다. 일간 형의 가정을 한번 배관拜觀하려 하오며 두 분의 이 빛난 새 출범이 길이 순풍이시기를 거듭 축원합니다.

답 장

● 감사합니다.
존형의 그 극진하신 축복의 말씀을 받고 저이 둘은, 저이들이 지금 참으로 행복하다는 것을 다시금 깨달았습니다. 아무것도 모르는 저이오나 형의 축복을 저버리지 않도록 좋은 가정을 이루기에 최선을 다하겠습니다. 앞으로 더욱 편달을 애끼지 말아 주소서.

● 오늘 내 편지통에서 나온 건 네 결혼청첩結婚請牒, 암만 들여다봐도 네 이름이 틀리지 않는 것을 알고, 또 그 옆에 찍힌 남자의 이름이 낯선 걸 느낄 때, 나는 손이 떨리고 가슴이 울렁거려 그만 기숙사를 나와 산으로 올라갔다. 머얼리 외국으로 떠나는

너를 바라보기나 하는 것처럼 하늘가를 바라보고 한참이나 울었다. 동무의 행복을 울었다는 것이 예의가 아닐지 모르나 나로는 솔직한 고백이다. 네가 날 떠나는 것만 같고, 널 한번도 보도 듣도 못한 남자에게 빼앗기는 것만 같아서 울어도 시원치 않은 안타까움을 누를 수 없는 것이다. 결코 너의 행복을 슬퍼하는 눈물이 아닌 것은 너도 이해해 줄줄 안다.

네가 어떤 남자와 결혼을 한다! 지금 이 편지를 쓰면서도 이상스럽기만 하다. 어떤 남자일까? 키는? 얼굴은? 학식은? 그리고 널 정말 나만침 사랑할까? 나만침 알까? 그이가 가까이만 있다면 곧 찾아가 이런 걸 따지고 또 눈에 보이지 않는 네 훌륭한 여러 가지를 더 설명해 주고도 싶다. 아무튼 옷감 한 가지를 끊어도 누구보다도 선택을 잘하던 너니까 일생을 같이할 그이의 선택을 범연히 하였을 터 없을 것이다. 물론 어디 나서든 인망人望이 훌륭한 남자일 줄 믿는다.

네가 신부가 된다! 크리스마스 때 네가 하아얀 비단에 싸여 천사놀이를 할 때, 네가 제일 곱던 것이 생각난다. 그 고운 모양에 백합을 안고 제비같이 새까만 연미복燕尾服 옆에 선 네 전체全體가 얼마나 더 아름다울까! 아무것도 도와주지 못하는 이 동무이나 혼례사진이 되는 대로 나한테부터 한 장 보내다오. 그리고 결혼은 지상에 천국을 건설하는 것이라는데 어서 너의 천국이 실현되기를, 너와 그이를 아는 모든 사람과 함께 나도 진심으로 축원한다. 그리고 변변치 못한 물품이나 정표로 한 가지 부치니, 너이 아름다운 천국의 가구 중에 하나로 끼일 수 있다면 얼마나 영광일지 모르겠다.

머얼리 너 있는 곳을 향해 합장하며.

이것은 한 여학생이 먼저 결혼하는 동무에게 보내는 편지다. 먼저 자기의 감상을 솔직히 말했기 때문에 축복하는 말이 모다 진정으로 들린다. 시집가는 동무를 정말 즐겁게, 희망에 차게 해주었다. 흔히 이런 편지에서, 결혼은 인륜대사라는 둥, 현모양처가 되라는 둥 사회에 모범이 되라는 둥, 결혼의 정의와 훈계를 내리는 사람이 많다. 그것은 부질없는 지식의 나열이요 축하는 아니다. 저쪽은 당사자라 그런 정도의 생각은 이미 하고 있는 것으로 여김이 차라리 예의일 것이다. 다만 기쁘게, 더욱 희망에 차게 해주는 것이 축복인 것이다.

〈출산을 축하하는〉

● 전략前略하옵고, 어제 댁에 산경産慶이 계셨다는 말을 듣고 어찌 기쁘지 몰랐습니다. 초산이시라 저윽 염려되셨겠는데 과히 사고나 없으셨습니까? 아기는 아드님이시라니 얼마나 기쁘십니까? 어서 산모께서 건강하시고, 귀여운 새 아드님 충실히 자라고 장래 다복하기를 축원합니다. 인전 득남 턱이나 한번 단단히 내셔야 합니다. 이만

답 장

● 미처 알려드리지도 못하고 인사부터 받으니 송구스럽습니다. 아니게아니라 초산은 힘든다기에 은근히 걱정되었는데 익숙한 산파를 만나 비교적 신고가 적은 듯했습니다. 출생 시각은 그저께(××일) 오전 ×시 ×분이었고 지금까지는 산모자産母子

모두 충실하오니 염려해 주신 덕택입니다. 저이집 기쁨을 함께 기꺼이 여겨주시니 무어라 감사하올지 모르겠습니다. 득남 턱이야 내구말구요! 뵈올 때까지 안녕히 계시기 바랍니다.

〈입학을 축하하는〉

● 객지에서 평안히 계신가? 자네의 입학 성공을 라디오에서 듣고 나는 여기 동무들과 함께 종일 기쁨으로 흥분해 있었네! 자네 평소의 실력이야 믿었지만 워낙 9대1이라는 무서운 비율이라 평안이 있을 수 없었네. 그러나 최후까지 당당 합격이 되고 보니 자네 일인의 성공뿐이 아닐세. 자네를 낳은 우리 모교, 자네와 동문수학한 우리 모두의 영광일세. 앞으로 더욱 분발하여 대성하기를 축원하며 우선 이만 끄치네.

답 장

● 입학이라고 되고 보니, 그러지 않아도 동무들 생각부터 클클하던 차에 자네 편지는 자네를 대하는 것이나 다름없었네. 내 실력이기보다 자네들이 그처럼 마음써준 덕분일세. 든 이상 진력하여 자네들이 아껴줌을 과히 저버리지 않을 작정일세. 가끔 고향 소식이나 알려주기 바라네. 이만 감사의 붓을 놓네.

〈졸업을 축하하는〉

● 요즘 얼마나 바쁘고 또 꿈이 많으신가? 자네 입학하던 것이 어제 같은데 벌써 졸업일세그려! 허기야 '벌써' 라는 것은 남의 감각이요 자네 자신이야 얼마나 지난했고, 얼마나, 오늘을 얻기

에 그야말로 형설의 공을 쌓은 것일까! 영광스러울 식장에 참석은 못하나 머얼리서 손을 들어 진심으로 축하하네. 그리고 사회는 자네 같은 인재를 기다린 지 오랠 것일세. 눈부신 활약을 보여주게. 사회에 물들기보다, 순수한 신인답게 이상인理想人답게 사회에 충분히 신선과 정열을 풍겨주게. 자네 전문專門한 방면이 있으니까 물론 진로는 이미 섰겠지만 취직처가 어디 될는지 궁금하네. 결정되었으면 알려주게나. 항상 건강하기를 빌며 이만 끄치네.

답 장

● 편지 감사하네. 명색이 졸업이지 무얼 아나? 당하고 보니 좀 더 공부에 충실하지 못했던 것이 후회되네. 사회엔 자네가 선배이니 잘 지도해주시게. 취직은 지금 학교에서 알선중인데 결정이 되면 알리구말구. 내딴은 정열도 있네. 이상도 있네. 그러나 이 풋정열, 풋이상이 사회에 어느 정도로나 용납이 될지, 불안부터 생기네. 학교도 인전 가지 않을 데, 하숙도 인전 짐을 싸야 할 데, 도무지 머리 둘 곳이 어딘가 싶게 우선 뒤숭숭한 흥분과 피로뿐일세. 어디든 안정되는 데로 다시 붓을 들기로 하고 이만 적네.

〈취직을 축하하는〉

● 그간 평안하신가? 자네가 ×은銀에 취직되었다는 것은 군에게서 들었네. 축하하네. 자네는 누구에게든지 좋은 인상을 줄 뿐 아니라 학교 성적도 우수하였으니 으레 자네 소원하는 데로 취직이 될 줄은 알었네. 그러나 아마 상당히 난관이었지? 난관

이었던만큼 기쁠 것일세. ×은은 업적도 좋고 행원 대우도 평판이 좋은데다, 더욱 자네 학교 선배들이 많이 가 요직을 차지하고 있는 데라 군의 발전은 평탄하기 대도大道와 같을 것일세. 부임되어 오는 대로 내게 전화라도 걸어주기 바라며 이만 끄치네.

답 장

● 편지 반가이 받았네. 가만히 나가 ×은의자銀椅子에서 전화로 자네를 놀래주려던 계획이 틀린 것만 섭섭하네. 뭐 그리 자네헌테 정중한 축하를 받을 만한 굉장한 취직도 아닐세. 내 본심인즉 소자본으로나마 자력으로 무엇을 경영하고 싶은 것인데 너머 경험이 없으니까 몇 해 동안 남의 밥을 먹어보며 실업계의 실정도 견문할까 함일세. 자네부터도 많이 지도해주시게. 우선 만나는 길로 하루저녁 통음痛飮할 것을 각오하고 계시게. 하하.

〈신축을 축하하는〉

● 오래 못 뵈왔습니다. 그간 안녕하셨습니까? 듣자오니 이번에 댁을 신축하신다고요? 귀한 물자에 얼마나 힘드시리까! 이미 드셨습니까? 그렇지 않으면 언제쯤 드시게 됩니까? 어서 배관拜觀하고 싶습니다. 집은 목수가 짓는 것이 아니라 주인이 짓는 것이요, 주인의 돈이 짓는 것이 아니라 주인의 인품이 짓는 것이란 말이 있다합니다. 평소에 공예 방면에 취미가 높으시던 형이라 얼마나 훌륭한 작품이실 것은 보기 전에도 짐작이 됩니다. 새 저택에 더욱 다경多慶하시기를 빌며 일간 한번 배관하러 가옵겠기 이만 적습니다.

답 장

● 주신 편지는 감사히 받았습니다. 집이라고 몇 칸 짓기는 했습니다. 미처 도배도 다 못하고 들기부터 했습니다. 집이란 이렇게 짓기 어려운 것인줄 알았드면, 아마 지어 논 집을 사고 말았을 것입니다. 문서 수속도 웬게 그리 많고, 집 하나에 웬 공인工人도 그다지 여러 방면이 필요하리까! 마음먹은 대로도 되지 못하면서도 공일들과 줄곧 두 달을 싸우고 나중엔 진력이 나 그냥 저이 멋대로 내버려두고 말았답니다. 아무턴 도배나 끝나면 형을 모시러 가오리다. 오시어 혹평을 해주십시오. 더구나 정원이랍시고 얼마 공지空地가 남는 것은 꼭 형의 훈수를 청해야겠습니다. 바쁘시더라도 저이집을 위해 하루쯤 허비하실 것을 허락해주셔야겠습니다. 찾아뵈올 때까지 평안하시기를 빌며 총총 이만.

〈개점을 축하하는〉

● 한동안 뵈올 수가 없더니 이런 반가운 소식을 주십니다그려! 형의 독실하신 성품으로 보나, 시기와 처소로 보나 가장 적절한 생업을 택하셨다 생각합니다. 사실 여기는 너머들 장사할 줄들을 모르는 것 같습니다. 음식점에 가보면 음식점을 해보고 싶은 의분이 생기고, 목욕탕에 가보면 목욕탕을 해보고 싶은 의분이 생기는 데가 이곳입니다. 형 같으신 안목 높으신 분이 상계商界에 일각을 차지하시고 나앉으신다는 것은, 이곳 도시문화의 향상을 위해서도 기쁜 일이올시다. 아무쪼록 현대미의 점포로서 쾌속의 발전으로 불원한 장래에 종로대가鐘路大街에 일대위관一大偉觀을 나타내이시기를 바랍니다. 상무번망商務繁忙하신 속에 더욱 자중자애하시기를 바랍고 이만 끄칩니다.

답 장

● 주신 편지는 대단 감사히 읽었습니다. 개점이랍시고 하고 보니 힘들인 푼수로는 너머나 비약해보입니다. 워낙 자본부터 넉넉지 못한데다 아시다시피 제가 무슨 경력이 있습니까? 모르고 미련한만치 그저 정직과 박리를 목표로 나가려합니다. 많이 성원해주시며 지나실 길이 계시면 꼭좀 들리어주십시오. 내내 안녕히 계시기 바랍니다.

〈환갑을 축하하는〉

● 오래 못 뵈었습니다. 그간 모시고 평안하셨습니까? 듣자오니 이번 스무이튿날이 아버님께서 육순 회갑이시라구요? 축하합니다. 평소에 효성이시던 형께서 얼마나 기쁘시겠습니까! 형과의 정의를 생각하면 마땅히 올라가 뵙는 것이 도리겠사오나 속루俗累에 얽혀 길이 먼 것만 한탄하게 되었사오니 어찌 부끄럽지 않으리까!

별편別便으로 보내드리는 물품은 약소하오나 정으로 받으시고 웃어주시기 바랍니다.

총총 이만.

답 장

● 주신 편지와 선사는 감사히 받았습니다. 이곳에서는 구할 수 없는 귀한 물건으로, 아버님께서 매우 기꺼하십니다. 제가 변변치 못하와 차린 것은 없어도 형이 못 오시는 것은 여간 섭섭지 않습니다. 그러나 잊지 않으시고 축하의 말씀과 귀한 선사까지

보내시니 그것만도 얼마나 영광인지 모르겠습니다. 후에라도 오실 기회엔 꼭 들리어주시기 바라오며 늘 형의 건강을 빕니다.

제4강 문안 편지와 위문 편지

1. 문안편지

'문안' 이라거나 '안부' 라거나 다 아름다운 말이다. 반드시 무슨 청하거나 아뢸 일이 있어서가 아니다. 웃어룬을 공경함에 뵌지가 오래었다든지, 철이 바뀌도록 안부를 못 살피었다면 제 마음부터 궁금하려니와 궁금한 채 그냥 지내어버림은 아랫사람 된 도리가 아니다. 조선에는 사시절의 철다툼이 급거急遽하여 환절 때마다 돌림이 많다는 것은 여기 풍토에 대한 우리의 상식이다. 웃어룬이든, 친구든, 아래사람이든, 제 마음에 잊어버리지 못할 사람이라면 환절 때마다 서로 안부를 묻는 것쯤은 으레 있어야 할 도덕이라 하겠다.

문안이란, 쉽게 말하면 건강 여부를 묻는 것이다. '잘 있느냐' 를 묻는 것이다. 그러므로 계절에 대한 관심이 제 일조인 것이다.

한계절이라 하드라도 남북이 다르다. 자기 고장만을 표준해서는 잘못이라기보다 무성의한 것이 드러난다. 부산에는 꽃이 피었으나 강계에는 아직 얼음도 풀리지 않았다. 회령에는 낙엽이 지나 목포에는 아직 단풍도 들지 않았다. 이렇게 절기의 차이가 있는 데라면 반드시 먼저 저쪽의 절후節侯를 참작參酌해야 할 것이다.

"오래 안부 여쭙지 못했습니다. 벌써 경칩이 내일이라 하나 거기는 아직도 강 풀릴 날이 멀었을 것입니다. 봄 기다리기가 제일 지루하시다던 형께서 요즘 평안히나 계신지 궁금합니다."

"오래 격조하였습니다. 아마 형 계신 데는 벌써 진달래가 만개하였을 것입니다. 꽃을 일찍 보시는 것은 좋으나 봄을 타시는 형이 벌써 입맛이나 잃지 않으셨을까 적이 걱정됩니다."

"꽃새움추위가 조석으로는 제법 날카롭습니다. 그간……"

"꽃바람이라고는 하오나 살에는 몹시 거친가봅니다. 요즘……"

"이번 비에 겨울은 아조 그림자를 감추어버렸습니다. 남향한 형님 댁 뜰 안에 얼마나 봄빛이 청신할까요? 아마 형 내외분께서는 진작부터 화단을 꾸미시기에 골몰하실 것입니다. 아기들도 다들 학교에 잘 다닙니까?……"

▷ 받는 분이 계신 곳 절기를 잊지 말 것,

▷ 받는 분이 그 절기이기 때문에 몸에 어떠할 것을 잊지 말 것,

▷ 형식에 그치지 말고 자유스럽게 생각해 쓸 것이다. 차라리 존칭에는 실수를 하더라도 진정이기만 하면 그것이 오히려 받는 이는 즐겁다.

▷ 『한중록恨中錄』 서문에 이런 구절이 있다.

"……문후問候한 후에 사연이 많기가 공경恭敬하는 도리에 가可치 아니하니……"

문안편지가 길어지면 안 된다. 딴 사연이 나오면 그것은 문안 편지는 아니다. 봉서封書로 쓴다더라도 엽서 한 장 정도를 과히 지나지 말 것이다.

〈봄 문안편지들〉

● 아버님 보옵소서.

안부 듣자온 지 오래되와 몇 자 올리나이다. 한낮은 봄날 같으오나 조석으로는 아직 겨울인 편입니다. 환절때면 늘 기침이 나시군 하시드니 이번에는 좀 어떠십니까. 더구나 집께는 바람이 심한 덴데 날씨가 아조 풀릴 때까지 과히 밧겯출입은 마시고 계시기 바랍니다. 어머님께서도 안녕하시고 동생들도 다 잘 있습니까. 저는 탈없이 학교에 잘 다니고 있사오니 하념치 마옵시며 틈 계신 대로 안부 알려주시기 바랍니다.

월 일

● 어머님께 올립니다.

오늘 산으로 빨래 갔던 사람들이 진달래가 불긋불긋한 것을 꺾어오는 것을 보고 문득 집 생각이 났답니다. 우리집껜 서울보다 철이 이르니까 벌써 살구꽃도 피었겠지요? 어쩌면 오온 동네가 화안할 우리집 살구나무에 꽃이 핀 것도 알려주시지 않습니까? 아버님께서는 마당과 텃밭들 돌보시기에 분주하시겠지요? 어머닌 또 겨울 난 빨래와 씨름허실거구! 저도 인전, 정말 바누질도 좀 배야겠단 생각이 가끔 듭니다. 그러나 바눌보다는 펜과 연필이 늘더 급한 걸 어찌헙니까? 일이라면 병이 나실지언정 그냥 두고는 못 보시는 어머니 성미시라 요즘 얼마나 무리를 하실까 하고 은근히 걱정이 됩니다. 과로하시지 마시고 저녁이면 일찍부터 충분히 주무시고 진지도 제때에 잡수시곤 하시기 바랍니다. 집의 소식 두루 궁금하오니 친히 기별 나리시기 바라옵고 이만 붓을 놓습니다.

월 일

××드림

● ×선생님께

오래 안부도 여쭙지 못하고 지냈습니다. 그간 선생님 안녕히 계셨습니까? 댁내도 다 무고하십니까? 봄만 되면 서울도 한바퀴 다녀올 듯싶었는데 마음만 설레이다가 그냥 주저앉었습니다. 탈은 없이 지내오나 저는 정신적으로 가끔 외롭군 합니다. 틈 계신 대로 안부나 들려주시기 바라오며 종종 이만 끄칩니다.

월 일

● ×××군

그간 모시고 평안히 계신가? 무소식이 희소식이라고는 하지만 너머 궁금하네그려. 우리는 언제나 한모양으로 지내네. 모다 봄 봄 하지만 봄은 왜 이렇게 수선스럽게 오나? 진달래가 지는 것을 보면 봄은 확실한데 풍우가 어찌 잦은지 나는 늘 방안에만 웅크리고 있네. 오늘 아침엔 안해와 문득 자네네 이야기를 하고 궁금해서 붓을 들었다네. 무고하시더라도 엽서나 한 장 부쳐주기 바라네.

월 일

×××총총히

〈여름 문안편지들〉

● 외삼촌 보옵소서

날이 몹시 더웁습니다. 이렇게 날이 가문 때는 시굴이 더 더웁다는데 외할아버님과 외할머님께서 기력 안녕하시고 외삼촌 내외분께서도 무고하십니까? 겨울에 외삼촌께서 다녀가신 후로 도모지 소식이 없어, 어머님께서 몹시 궁금해 하십니다. 저더러 진작부터 편지 드리라고 하신 것을 제가 요즘 시험 때문에 여러 날 미뤄왔습니다. 곧 답장해 주시기 바랍니다. 이곳 저이집은 부모님 다 안녕하십니다. 동생들도 잘 있습니다. 동숙이가 작년 여름에 외가댁에 가 참외 먹고 반디불이 잡고 놀던 이야기를 뇌이면서 올에도 간다고 벌써부터 덤빈답니다. 저는 참외보다도 옥수수 생각이 간절합니다. 옥수수 여물 무렵에 한번 알려주시면 그예 뛰어내려 가겠습니다. 내내 안녕히들 계시기 거듭 바라오며 이만 끄칩니다.

월 일

조카 ××× 드림

● 서울아주머님께

지리한 장마에 아주머님댁 무고하신지 궁금하와 붓을 듭니다. 신문에 보니 서울서는 축대와 담이 많이 상한 듯하온데 아주머님 댁에는 피해나 없으십니까? 더욱 여름이면 소화가 좋지 못하시어 고생하시드니 올에는 어떠하신지 진작부터 걱정되었습니다. 여기는 비는 여러 날째 오나 다행히 폭우는 아니어서 전답에는 아직 피해가 없습니다. 장마나 들면 소창하실 겸, 한번 다녀가시면 어떠십니까? 아주머님 좋아하시는 냇물고기들도 이번 비에 꽤 살질 것입니다. 제가 인전 낚시질이 제법 선수랍니다. 꼭 한번 다녀가시기 바라오며 이만 끄칩니다.

월 일

시굴조카 ××× 드림

● ×××선생께

날이 몹시 덥습니다. 그간
선생님 안녕하십니까? 사모님께서도 안녕히 계십니까? 안부 듣자온 지 오래옵고 더위 날로 심하옵기 궁금하와 몇 자 아뢰니다. 저는 염려해주시는 덕택으로 별고 없이 지냅니다. 한번 찾아가 뵙는다면서도 뭘 허는지 늘 베르기만 한답니다. 틈 계신대로 하회下回 계시기를 바라오며 이만 적습니다.

월 일

××× 드림

● ××언니께

그 지리한 장마가 다 지나도록, 삼복더위까지 다 지나도록 편지 한 장 드리지 못한 것을 생각하니 붓이 그만 움칠해졌더

랬습니다. 해는 길어 멀미를 대면서도 편지 쓸 여가는 없었으니 이런, 엄버엉한 것이 아마 현실이요, 생활이요, 인생인지 모르겠습니다.

애기들 탈 없이 자랍니까? 제가 아이들을 가져보니 아이들 안부부터 나갑니다그려! 언니는 그래도 여름을 덜 타시니까 저처럼은 눈이 달려 허덕이시지는 않을 줄 믿습니다. 형부께서는 여름에 좀 휴가나 계십니까? 저이집 주인은 공일마다 낚시질만 다녀 남양南洋 사람처럼 새까매졌답니다. 언니네 댁은 그래도 마당에 나무들이 있어 조석으로는 얼마나 선선하실까! 또 매아미 소리도 가까이 들으시겠지! 그런 재미에 편지 한 장 없으시구! 재미 혼자만 보시지 마시고 편지로라도 좀 나누어 보십시다. 우리가 학생 때 같으면 어쩌면 두달 석 달씩 소식을 모르고 서로 견디었겠습니까? 이래서 사람은 저마다 따로 운명의 길이 있나보지요? 이런 소리 한다고 성내지 마시고 답장이나 한 장 얼른 보내주시우. 정말 맘속으로는 어떻게 궁금헌걸 지냈다구!

월 일

아우 ×× 드림

〈가을 문안편지들〉

● 할아버님께 올립니다.

더위는 물러갔사오나 찬 기운이 조석으로 고르지 못하온데 할아버님께서와 할머님께서 기력 안녕하옵시며 아버지와 어머니와 형과 동생들도 다 무고히 지내옵는지 알고저합니다. 소손은 객지에 탈 없이 있사오며 공부도 그대로 꾸려가오니 하념下念하옵시는 덕택인 줄 아옵니다. 달리 여쭐 말씀 없사오나 다만 안부 듣자온 지 오래옵기 숫자 올리오며 내내 편안하시기 바랍니다.

월 일

소손 ××올림

● 할머님 보옵소서

오래 안부도 드리지 못하왔습니다. 기후가 나날이 급격히 바꾸이는 때에

할머님 기력 안녕하옵신지 알고저 합니다. 추수 때라 거친 일에 과히 골몰하시지나 않으십니까. 저이 젊은것들도 환절 때는 탈이 잦사온데 할머님께서 요즘 식사는 어떠시며 주무시는 것도 충분히 쉬시는지 살피지 못하와 죄송하옵니다. 저는 몸 성히 잘 있습니다. 다못 할머님 내내 안녕하시기만 바랍니다.

월 일

소손 ×× 드림

● ××선생께

지리한 여름을 선생님 안녕히 나셨습니까? 서늘하기는 하오나 환절기후라 변조가 심합니다. 한결같이 평안하신지, 사모님께서도, 아기들도 다 무고하신지 알고저 합니다. 저는 메칠 전에 감기로 좀 누웠었으나 이내 나아 일어났습니다. 등화가친燈火可親의 시절이라 이번 가을엔 별러오기만 하던 책들을 모조리 독파할 작정입니다. 앞으로도 늘 지도해주시오며 내내 안녕하시기를 바랍니다. 총총 이만 끄칩니다.

월 일

××× 드림

● ××군

가을은 봄보다 여름보다 확실히 감상感傷의 시절인가보네. 다른 때라고 자네를 잊은 것은 아니나 요즘은 자네 생각이 무시로 클클스럽게 나네. 만나면 밤을 새여 해도 끝 안날 이야기가 가슴에서 뭉클거리네. 감상도 친구를 아쉽게 하는 미덕은 있나보네!

그러니 그다지 무신無信한가? 나도 편지 쓰기 참 싫어하지만 자네도 너머하네그려! 요즘 어떻게 지내나? 기쁜 일이 있었으면야 소식이 없었겠나만, 소식이 없었으니 그리 언짢은 일도 없은 줄은 짐작하네. 나는 요즘 뒷산에 올라 벌떡 자빠져 하늘을 쳐다보는 것이 일과의 하나일세. 별도 없는 낮하늘에서 무엇을 찾는단 건, 얼마나 허잘 것 없는 어리석은 짓인가? 그러나 웃지 말고 자네도 한번 그렇게 해보게. 그리고 그 아무것도 없는 가을하늘의 감상이나 좀 적어 보내게. 나는 요즘 책을 보되, 꼭 내가 잘 아는 사람의 글을 읽고 싶어졌네. 그러나 내게 어디 잘 아는 문인이 있나? 자네나 기인 글을 좀 써 보내 주게. 누구는 글이란, 붓으로 지껄이는 말이라고 했는데, 난 어째 붓을 드니 말이 다 어디로 달아났는지 붓 잡히지 않아 그만두네.

월 일

자네 알 만한 사람

〈겨울 문안편지들〉

● 빙장께 드립니다.

오래 안부 여쭙지 못했습니다. 그곳은 벌써 추위가 대단할 줄 아옵니다. 그간 빙장께서와 빙모님께서 안녕하시고 댁내 제절諸

節이 고루 평안하시온지 알고자 합니다. 저는 모시고 무고히 지내오며 어린것들도 잘 자라오니 하념하옵시는 덕택입니다. 빙모님께서 설 안에 한번 다녀가실 줄 믿고 제 처가 기다리는 눈치올시다. 오래 아무 기별도 없으시와 궁금하옵기에 숫자 올리오며 내내 기력 안녕하시기 바랍니다.

월 일

사위 ××× 드림

● 빙모님 보옵소서.

추위가 날로 혹독하온데

빙모님 그간 안녕히 계옵시며 처남들도 다 잘 있습니까. 알고저 합니다. 저이는 제 처가 김장 끝에 몸살로 좀 누웠었으나 지금은 일어났사오며 어린것들도 하나가 기침을 좀 기치나 대단치는 않습니다. 빙모님께서 겨울이면 추위를 몹시 타신다고 제 처가 진작부터 걱정을 하고 있습니다. 인전 추수도 끝나시고 김장도 끝나셨을 것이니 저이집에 좀 와 계시면 어떠십니까? 식사서껀 불편은 하시겠지만 그곳보다는 추위가 덜할 줄 아오며 아이들도 외할머님 안 오시느냐고 여러 번째 묻습니다. 그간 댁내 무고하신지, 또, 언제쯤 한번 오실 수 있는지 곧 하회 계시기를 바라옵고 이만 끄칩니다.

월 일

사위 ××× 드림

● 누님 보옵소서

오래 격조하였습니다. 요즘 신문에 보니 누님댁 근방에는 눈이 두 자나 쌓였다고요? 누님댁에는 피해나 없으십니까? 안부가 궁금하여 붓을 들었습니다. 매부께서도 안녕하시고 누님 위병은 좀 어떠십니까? 애기들이 눈이 그렇게 깊으면 학교에 어떻게 다닙니까? 저이는 양친께서도 다 평안하시고 우리 내외와 아이들도 다 충실합니다. 어머님께서는 늘 누님 추운 고장에 산다고 걱정이시랍니다. 매부께서 어서 따뜻한 남쪽으로 전근이나 되었으면 합니다. 다 무고하신지 곧 답장 주시기 바랍니다.

월 일

×× 드림

● 오라버님 보옵소서.

요즘 동지 치위에

오라버님 내외분 안녕하시고 조카들도 무고합니까? 기별 듣자온 지 수월 되와 궁금히 지내옵니다. 저는 시부모님 모시고 어린것들과 아모 연고 없사오니 다행이올시다. 답장 즉시 없사와도 무고하신 줄로 알겠사오나 틈이 계시면 시원히 소식 알려주시면 합니다. 내내 안녕하시기 바라오며 총총 이만 적습니다.

월 일

×× 드림

2. 위문 편지

위문慰問이란, 문안과는 다르다. 불행이 그에게 있는 줄 알고 보내는 편지다. 몸에고, 마음에고 괴로움이 생겼다든지, 슬픔이 생긴 사람을 상대로 쓰는 편지다. 괴로움과 슬픔은 몸과 마음을 언제든지 날카롭고 약하게 만든다. 날카로워진 마음은 노염을 잘 타고 약해진 몸은 의지하고 싶어하는 것이 원칙이다. 불행한 사람은 노염을 잘 타는 것, 의지하고 싶어하는 것, 이것만 이해한다면 그를 위로해주기는 아조 쉬울 것이다.

연전에 나는 석 달 동안 중병으로 누워본 적이 있다. 처음 몹시 아플 때보다도 회복기에 들어가 마음은 더 다감多感해지는 것이었다. 어떤 친구는 공연히 눈물이 나게 고맙게 생각되었고, 어떤 친구는 이를 갈고 싶게 야숙스러웠다. 나는 겨우 붓을 들 만치 되자, 야숙하게 생각되는 사람에게, 절교 편지를 써 보낸 것이다. 그 친구는 내 편지를 묵살하였다. 그 뒤 내게 건강이 회복되자, 차츰 생각할수록 절교 편지까지 보낸 것은 나의 지나침이었다. 나는 다시 사과하는 편지를 보낸 것이다.

아푸거나, 외롭거나, 괴로운 사람은 먼저 제 생각뿐이기 쉬운 것이다. 그렇다고 그것을 공격할 수는 없는 것이다. 그는 행복에 겨워 오만한 것이 아니라 불행에 짓눌린 짜증인 때문이다. 그의 날카로워짐을 부드럽혀 주고 그의 의지하려함을 안아주는 것은 그를 아는 사람의 의무라고까지 할 수 있다.

불행한 사람을 위로하는 편지, 그것은 이해를 초월한 순수한 정의의 편지다. 편지 중엔 가장 아름다운 편지일 것이다.

〈병환을 위문하는〉

● 오래 안부도 여쭙지 못하와 궁금하옵던 차 의외에 병환이시란 말을 듣고 여간 놀라지 않았습니다. 아마 날씨가 불순한 때

문에 감기나 아니실까 합니다만, 댁에서 오죽 걱정되시겠습니까! 아무튼 마을을 급히 마시고 충분히 조심하시어 속히 쾌차되시기를 바랍니다.

답 장

● 어찌 들으셨는지 대단치 않은 병을 물어주시니 너머나 감사합니다. 감기 기운이 있는 것을 좀 부주의하였더니 그게 더친 모양입니다. 메칠 조심하면 완쾌될 줄 아오니 괘념치 마시기 바랍니다.

● 한동안 뵈입지는 못하왔으나 그간 병환이 계신 줄은 몰랐습니다. 오늘에야 입원해 계시단 말을 듣고 어찌 놀랐는지요. 무슨 병환으로 진단되었는지, 경과는 좋으신지, 웬만만하면 곧 올라가 뵈오련만 일이라고 잡은 것이 있어 얼른 헤어나지는 못하고 우선 숫자로 여쭙니다. 댁에서들 얼마나 경황없으시고, 손도 부족하실 터인데 저이에게라도 시키실 만한 것이 계시면 곧 알리시기 바랍니다. 좋은 병원이니까 속히 완쾌되시리라고는 믿습니다. 마음을 아무쪼록 너그러이 지니시어 병을 평소에 굳세시던 신념으로 물리치소서.

답 장

● 대필로 몇자 적게 합니다. 지난 일에 입원하여 폐렴으로 진단되었고 경과가 양호합니다. 그처럼 염려해주시니 대단 감사하오며 내 손으로 붓을 들게 되면 다시 자세 기별하옵겠기 이만 줄입니다.

● 밤새 애기가 좀 어떤가? 열은 나리었나? 바람을 쏘이지 않도록 잘 조심을 시키게. 간병하노라고 자네도 애쓸 줄 알면서도, 아침부터 웬 손님이 그리 찾아오는지 그저 자리를 못 뜨고 한쪽 편지로 대신하네. 갑자기 무슨 부족한 게 있거든 이 사람 편에 알리게 총총이만.

답 장

● 바쁘신데 염려해주시어 감사합니다. 지난밤엔 열도 거의 평온으로 떨어지고 잠도 잘 잤습니다. 아직은 병원에서 그냥 약을 가져옵니다. 나중에 돈이 부족이 되면 좀 돌려주십시사고 제가 가겠습니다. 이만.

〈상사를 위문하는〉

● 머리 숙여 아뢰나이다. 천만 뜻밖에 선부군先父君께옵서 별세하옵신 부음 받자오니 놀라운 말씀 무어라 여쭈오리까. 본래 효성이 극진하신 터에 오작 망극하오리까. 그러나 그와 같은 흉변은 누구나 한 번은 면치 못할 것이오니 너머 애통치 마시옵고 몸 삼가 부지하시기 비옵나이다. 마땅히 귀문貴門에 나아가 위문하옴이 정례情禮일 것이오나 속루俗累에 매여 수성遂誠치 못하옵고 몇 자 글월로 대신하나이다.

월 일

××× 삼가 올림

'선부군先府君'은 돌아간 남의 아버지를 가리킴인데 어머니인 경우엔 '선대부인先大夫人' 할아버지인 경우엔 '선조부장先祖夫丈' 할머니인 경우엔 '선왕대부인先王大夫人'이라 함. 상가喪家의 모든 절차는 아직도 한문식인 것이 거의 전부이기 때문에, 조상弔狀에만은 이만 정도의 한문식 칭호는 당분간 쓰는 것이 그 환경에 조화가 될 듯함.

〈화재를 위문하는〉

● 제번除煩*하옵고, 천만 뜻밖에도 댁에서 화재를 보셨다니 듣기에 너머나 놀랍습니다. 사람은 다치지나 않았습니까? 세간이나 더러 꺼내셨는지, 아무튼 얼마나 놀라셨고 경황 없으실까 살다가 누가 무슨 봉변이 없겠습니까. 일시 악몽으로 아시고 과히 상심 마시기 바랍니다. 마땅히 찾아가 뵈올 것이나 몸이 매인데 있어 숫자로 위문의 말씀을 드리오며 심히 약소하오나 금 원을 동봉하오니 수습하시는 데 보태시기 바랍니다. 총총 이만.

〈수해를 위문하는〉

● 제번하옵고, 이번 비에 댁에서도 피해가 계셨다니 듣기에 놀랍습니다. 사람은 다친 데나 없습니까? 그런 비가 어디 있겠습니까 피해가 과히 크시지나 않으신지 가뵙지는 못하고 궁금한 채 숫자로 위문을 대신합니다. 천재야 누가 뜻하겠습니까. 너머 노심勞心마시고 서서히 수습하시기 바랍니다.

---

* 제번(除煩) : 편지 첫머리에, 잡다한 인사말을 줄이고 바로 할말만을 적는다는 뜻르로 쓰는 말.

답 장

● 어찌 알으시고 그처럼 위문해주시니 감사합니다. 댁에는 아무 연고 없으셨습니까. 천재天災라고 하나 사람이 조심하지 못한 탓이지요. 축대와 담이 무너졌습니다. 저이 푼수로는 큰 손해오나 인명에 무관한 것만 다행으로 여깁니다. 감사합니다. 늘 안녕하시기 바라오며 이만 끄칩니다.

제5강 청탁 편지와 기별 편지

1. 청탁 편지

남에게 무엇을 청하는 편지다. 내게 없는 것, 내 힘만으로 부족한 것을 남에게서 빌리는 것이다. 나만 편지를 암만 쓰면 무엇 하는가. 저편에서 들어주지 않으면 쓸데없다. 저쪽에서 들어주도록, 곧 움즉이도록, 움즉이되 최선을 다하도록, 이것이 청탁 편지의 생명일 것이다. 생명이 있는 청탁 편지를 쓰기 위해서는 다음의 몇 가지를 주의해야 할 것이다.

1) 남에게 무엇을 청하는 것은 내가 부족한 때문이니까 먼저 겸손하고 성의가 보여져야 한다.
2) 내 아쉬운 생각만 해서는 안 된다. 저쪽에도 저쪽의 사정이 있을 것을 생각하고 무리스러운 것은 청하지 말아야 한다. 일은 성공하지 못하고 서로 마음만 멀어지면 차라리 청하

지 안하니만 못하기 때문이다.

3) 청하는 원인을 저쪽에 확실히 이해시켜야 한다. 중요성을 인정하지 않는다면 저쪽에서 움즉이지 않을 것이니까. 사정을 확실히 인식시키기 위해서는 모든 것을 구체적으로 써야 한다. 취직 운동을 취하는 것이라면, 이쪽 당자當者의 경력, 재능, 어떤 데를 희망하는 것, 보수는 최소한도로 얼마쯤이면 된다는 것 등을 명기할 것이다.

〈취직을 청하는〉

● 날이 아직도 몹시 찹니다. 그간 선생님 안녕하시고 댁내 별고 없으십니까. 오래 문안도 여쭙지 못하고 있다가 제게 아쉬운 일이 있어서야 붓을 듭니다. 용서해 주시기 바라오며 다름아니와, 이번에 제 아우 ××가 ×전산과를 졸업합니다. 집안 형편이 아시다시피 제 자본으로 무슨 일을 자영할 만한 처지가 못되므로 꼭 취직을 해야만 하게 되었습니다. 은행 방면을 원합니다. 선생께서는 금융계에 친지가 많으실 것이니 제 아우의 장래를 돌보시어 기회 계신 대로 한번 수고해주시기 바랍니다. 성적은 썩 좋지는 못하나 중 이상은 되나 봅니다. 성질은 쾌활한 편은 아니옵고, 일은 저 맡은 것은 수굿하고 지켜나갈 줄 믿습니다. 달리 청할 만한 어룬이 없사와 염치를 불원하오며 일간 본인을 데리고 찾아가 뵈오려 하옵기에 오늘은 이만 대강 아뢰나이다.

〈보증인을 청하는〉

● 오래 안부드리지 못했습니다. 봄이라고 하오나 아직 바람이 몹시 찹니다. 그간 안녕하시고 댁내도 다 무고하십니까. 저이는 다 탈 없이 지냅니다. 다름 아니와 이번에 제 딸아이가 이곳서 고녀高女를 마치고 서울가 ×여전에 시험을 치뤄 요행 합격이 되었다는 기별이 왔습니다. 입학수속 서식을 보오니 경성부내 거주인으로 보증인이 한 사람 있어야 하게 되었습니다. 그런데 저이는 서울에 친척이 한 집도 없어 할 수 없이 형께 염치를 무릅쓰고 앙청합니다. 수고스러우시나 허락해주시기 바랍니다. 딸애 이름은 ××올시다. 서식을 가지고 그애가 뵈오러 갈 것이오니 어찌 서식뿐이겠습니까. 여러 가지를 친자식처럼 아시고 일러주시기 바랍니다. 의외에 폐를 끼쳐드리게 되어 미안하오며 내내 댁에 다경하시기를 바랍니다.

〈약혼 교제를 청하는〉

● ×××양께

뵈온 적도 없이 무례스럽게 편지부터 드립니다. 이 사연이 나의 진정인 것만은 용납되신다면 이만 무례는 용서해주실줄 믿습니다. 다름 아니와 결혼문제입니다. 주인댁 아주머니께서 변변치 않은 저를 구애하시는 나머지 과남하게도 귀양께 손수 통혼까지 해주심에 이르렀나봅니다. 저는 귀양께서 정숙하시고 재덕이 높으신 줄을 익히 듣자왔으나 귀양께서는 저를 여하한 사람인지 충분히 짐작하시기에 곤란하실 뿐 아니라, 사람과 사람의 의기가 서로 완전히 투합되기에는, 첫째 면식과 함께 어느 정도의 사교를 거쳐서야만 가능하리라 믿습니다. 혼사의 성불성成不成이야 어찌 어느 한쪽의 임의로 하겠습니까. 다만 어떤 경우에나 귀양의 인격과 명예를 존중할 것을 굳게 약속하오니 한번 배면拜面할 기회를 허락해주시기 바랍니다. 과히 상치되시는 일이 없으시면 시간이나 장소는 귀양께서 편리하신 대로 일차 하교해주시기를 고대하겠습니다. 총총이만.

××× 삼가 드림

〈금전을 빌리는〉

● 날새 댁에 다 평안하십니까. 번번이 폐를 끼치면서 또 여쭙기 어려운 말씀을 드려야만하게 되었습니다. 작년 여름에 지붕이 새였는데 가을에나 고친다던 것을 그냥 겨울을 났습니다. 다시 우기가 오기 전에 이것만은 고쳐놓지 않을 수 없어 손을 대었더니 헌집 고치기라 예산이 사뭇 부족하게 되었습니다. 벌려 놓은 일을 마치지 않을 수도 없삽고, 달리 변통할 수도 없어 생각다 못해 붓을 들었습니다. ×원만 좀 돌려주시기 바랍니다. 마침 댁에 두신 것이 있으면 이편에 보내주시옵고 그렇지 않으면 언제 오라고 일러보내시기 바랍니다. 제 힘으로 한 번에는 어렵삽고 이달 말과 다음달 말 두 번에는 갚아드릴 수 있겠습니다. 수고스러우시나 낭패를 면하도록 도와주시기 바랍고 이만 끄칩니다.

특히 자금을 청탁하는 편지에서는,

1) 돈의 용도를 분명히 알릴 것,

2) 갚을 수 있는 기일을 분명히 알릴 것,

3) 이자는, 주어도 받지 않을 사람이라면 말을 꺼내는 것이 도리어 감정을 상하기 쉬운 것이요, 반대로, 으레 이자를 받을 사람이라면 이자를 내이겠단 말을 미리 하는 것이 저쪽의 마음을 움직이는 데 효과적이다.

〈물품을 빌리는〉

● 여러 날 못 뵈왔습니다. 그간 댁내 일안一安하십니까. 다름 아니와 오늘 집에서 나무들을 좀 가꾸다가 가지를 추리는데 톱이 있어야 하게 되었습니다. 가세는 있으나 굵은 것을 자를 수 없어 그러오니 이애 편에 톱을 좀 빌려주시기 바랍니다. 조심해 쓰고 곧 돌려 보내드리겠습니다. 총총이만.

● 오래 격조하였네. 그간 재미가 어떠신가? 서울은 아마 벌써 신록이 한참일걸? 여기는 이제야 진달래가 피기 시작한다네. 꽃은 철이 늦을지언정 보기는 보네만 책은 암만 기다려야 이곳 서점에선 구경할 수가 없네그려! 요즘 『佛蘭西敗れたり』가 광장히 읽히는 모양인데 소문만 듣지 책을 구경할 수가 있어야 안허나? 자네 보던 것이 있으면 좀 부쳐주게. 없으면 한 권 구해서라도 보내주게. 눈이 강감해 기다리겠네. 언제 우리 시골 한 번 오지 않으려나? 총총이만.

물건은 가까운 이웃간에서 많이 빌리게 되는 것이라 우편으로보다 하인이나 아이를 보내는 수가 많다. 그러므로 간단한 쪽지 정도가 더 필요할는지도 모른다.

● 일간 별고 없으십니까? 무얼 좀 고치다가 못이 모자라서 보냅니다. 혹시 댁에 있으면 크고작고간에 열아믄 개 보내주셨으면 다행이겠습니다. 이만.

2. 기별 편지

기별이란, 알리는 것이다. 대체로 무슨 일이고 결과만을 알리는 데는 간단 명료가 제일일 것이다. 경우 따라서는, 알려야 될 그 일이 생긴 자초지종을 자세히 써야 된다. 그런 때는 마음부터 가라앉혀 가지고 붓을 들 것이다.

〈입학을 알리는〉

● 아버님 보옵소서

아버님께서와 어머님께서 안녕하옵시고 집안이 다 무고하십니까. 제가 입학이 된 것은 라디오로 들으셨을 듯하와 전보도 치지 않았습니다. 발표되기 직전까지도 다만 입학만 되었으면 하는 생각뿐이옵더니 입학이 된 것을 안 순간부터는 벌써 집 생각이 와락 났습니다. 그러하오나 한고향 아이들이 다섯이나 같이 들었으니까 자주 만나면 덜 적적할 것 같사오며 고향 학교와 달라 전조선적으로 모인 데라 공부로나 운동으로나 남보다 한번 뛰어나보고 싶은 욕망이 솟습니다. 힘껏 공부하겠습니다. 학교는 건물도 굉장하고 선생님들도 유명하신 분이 많습니다. 너머 좋아서 어제저녁엔 잠이 안 와 혼났습니다. 동봉하옵는 입학수속 서류에 아버님 인장을 찍어 곧 보내주옵소서. 보증인은 아저씨께서 해주신다 하였사오며 하숙은 더 나은 곳이 발견될 때까지는 이 집에 눌러 있을가 합니다. 내내 안녕하시기 바라오며 오늘은 이만 끄치나이다.

월 일

××× 드림

〈전거轉居를 알리는〉

● 그간 부모님 안녕하옵시고 집안이 다 무고하십니까. 저는 탈없이 공부하오며 어제 하숙을 옮겼사옵기에 알려드립니다. 처소는 표기와 같사오며 학교에서 요전보다 10분이나 가까웁고 새로 지은 집이라 방이 깨끗합니다. 역시 여염집이오나 학생이 여섯이나 되옵고 한방에 같이 있게 된 학생은 함북 청진 사람으로 저와 한학교, 한반 웃학생입니다. 성질도 퍽 좋은 것 같사오니 안심하옵소서.

● 제번하옵고, 이번에 좌기左記 처소로 집을 옮겼습니다. 교통은 좀 불편하오나 공기와 전망이 나은 것으로 정을 붙입니다. 지나실 길에 한번 찾아주시면 생광生光이겠습니다. 총총이만.

경성부××정××번지

이××

〈안착安着을 알리는〉

● 밤새 부모님 안녕하십니까. 저는 오늘 아침 일곱시 반에 경성에 무사히 내렸습니다. 짐이 좀 많았사오나 한가지도 다치지 않고 하숙까지 잘 왔사오니 안심하옵소서 이만 아뢰나이다.

● 그간 댁에 다 무고하십니까. 저는 어제저녁에 집까지 잘 왔습니다. 이번에 가서 너머 수선을 떨고 와 생각할수록 미안합니다. 구경 잘하고 대접 잘 받고 아무튼 덕분에 저는 한평생 좋은 추억을 가지게 되었습니다. 감사합니다. 내내 댁내 평안하시기를 비오며 우선 이것으로 인사를 대신합니다.

〈변고를 알리는〉

● ×××씨께 올립니다.
제번하옵고, 저는 자제 ××의 동무입니다. 오늘 ××와 북한산에 등산을 갔삽다가 ××가 팔을 좀 다쳤습니다. 시내까지 제 발로 걸어온 정도오니 중상은 아닙니다. 곧 ××정 ××병원에 입원을 시켰삽는데 바른편 팔 아랫마디가 접골되었다 합니다. 접골은 삔인 것보다 차라리 간단한 치료라 하오며 부러진 데는 즉시 의사가 맞춰놓았습니다. 과히 놀라시지 마시고 좀 올러와 주시기 바라오며 대강 이만 아뢰옵나이다.

월 일

×× 드림

● 갑자기 아뢰옴은 다름 아니와 청진정 이모님께서 그간 맹장염으로 ××병원에 입원해 계시던바, 수술 경과가 좋지 못하여 오늘 오전 10시 20분에 그만 별세하셨답니다. 너머나 기가 막힙니다. 장례 절차는 아직 정해지지 않았습니다. 다시 알려드리겠습니다. 총총.

제6강 청첩, 소개장, 주문장, 문의장

1. 청첩

청첩으로 가장 많이 쓰이는 것은 결혼 청첩이다. 그리고 순한문으로 많이 쓰는 것이 아직 이 결혼 청첩이다. 그 난삽한 한문 문답을 다 읽어볼 줄 아는 사람은 열에 하나도 없을 것이요, 그것을 보내는 사람부터도 읽을 줄 아는 사람이 별로 없을 것이다. 그냥 베껴다가 신랑 신부의 이름만 다시 쓰고 시일, 처소, 주례자만 고치면 되는 것이다. 사신私信이 아니라 형식화할 것은 당면한 일이지만 보내는 사람도 받는 사람도, 뜻은커녕, 글자도 몰라 입만 움짓움짓하다 만다는 것은 일종 중독 상태다. 이것도 말하듯 써야 할 것이다. 결코 의위儀威가 손상되는 것은 아닌 것이다.

〈결혼 청첩〉

● ×××씨 ×남 ××군
×××씨 ×여 ××양
어버이 가리신 바이오, 서로 백년을 함께 할 뜻이 서서, 이제 어룬과 벗을 모신 앞에 화촉을 밝히겠사오니 부디 오시어 양가에 빛을 베푸시옵소서.
시일 ×월 ××일 오××시
처소 경성부 ××정 ××관
년 월 일

● ×××군
×××양
이 두 분은 서로 백년을 함께 할 뜻을 이루어 여러 어룬과 벗을 모신 앞에 화촉을 밝히려 하오니 부대 오시어 복된 자리를 더욱 빛내주소서.
시일 ×월 ××일 오××시
처소 ××읍 ××당
년 월 일

주례 ××× 아룀

그리고 피로연에 오라는 말을 넣고 싶으면 청첩보다 훨씬 작은 종이에 따로 찍되 다음과 같이 하면 된다.

● 예필禮畢 후에 ××정 ××관에서 약소한 다과로 다시 모실까 하오니 가실 길에 들리어 주시기 바랍니다.

〈생일 청첩〉

● 벌써 여름이야!
명이 참말 오래간만이지? 그래 그 동안 잘 있었구, 또 심심하지는 않었어? 난 꽤 심심허구먼, 글쎄 단 석달 남짓한데 벌써 이렇게 심심하니 큰일났어.

요전번에 남숙이를 길에서 만났구먼. 아조 새색시 티가 나던데! 그러니까 벌써 미세쓰가 셋이지! 그리고 영히도 약혼을 했대! 남자는 명대明大법학사. 아조 '게이끼'景氣들이 좋은데 우리들만 납작공이야!

그런데, 오는 목요일이 내 생일날야. 좀 와요. 모두 모여서 저녁이나 같이 먹자구. 순경이헌테두 알려주고 옥순이 히영이, 순남이헌테두 기별을 했으니까 오래간만에 모다 모일거야. 어머님께 특청을 받아서 이날은 아조 맘껏 놀기로 하였으니 떠들 준비를 맘껏 해가지고 꼭 와요.

그럼 그 동안 싸두었던 이야기는 모두 그날 하기로 하고 이만 총총.

인쇄를 해서 여러 백 명에게 돌려야만 청첩이 아니다. 이것은 사신私信이나 역시 청하는 편지이다. 작은 범위로 모이는 데는 이런 사신적인 청첩일 수밖에 없고 또 이런 사신적인 청첩이 더 알뜰해 좋다. 어감을 그대로 적어 마조 서서 전화로나 주고받는 것처럼 실감이 난다. 표정도 보일 듯하다. 쓰는 사람이 더 잘 드러날수록 좋은 편지란 말은 우에서도 했다.

〈환갑 청첩〉

● 그간 댁내 무고하십니까. 오래 안부드리지 못했습니다. 다름 아니와 이달 스무이튿날이 저이 어머님 환갑이십니다. 별로 차리지는 못하오나 한집안같이 믿고 허물없이 청합니다. 그날 조반들 잡숫지 마시고 형 내외분과 아기들도 다 데리고 와주십시오. 꼭 기다리겠습니다. 이만 아룀.

2. 소개장

우연히 좌석에 앉게 되어 그냥 통성명이나 시키는 인사와는 다르다. 이는 사람을 다른 아는 사람에게 어떤 용건을 위해 만나보도록 중개를 해주는 것이다. 어떤 용건으로든지 그 두 사람이 관계를 맺는 것은 그 중간에 선 자기 때문이라 사람 소개에는 그만치 책임을 각오해야 할 것이다. 그러므로 소개장이란 문면文面에까지 나타나지는 않더라도, '한 사람에 대한 책임의 글' 인 것이다. 그러니까 소개장은

1) 양쪽을 다 잘 아는 사이라야 할 것,
2) 소개를 희망하는 사람의 사정만 보지 말고 소개를 받을 사람의 경우도 충분히 생각하여 과히 폐가 안 되는 한에서만 할 것,
3) 소개장에는 소개 희망인의 성명은 물론, 고향이 어딘 것, 학력, 직업, 자기와의 관계까지 명기할 것,
4) 소개 희망인의 용건을, 얼른 짐작될 정도로 문면에 나타내일 것,

이런 것을 요령으로 해야 할 것이다.

〈서장書狀으로 하는 소개〉

● 관생冠省하옵고, 제 친구 ×××군을 소개합니다. 평양 사람으로 성대 문학부를 나와 지금 서울에다 서재書齋를 두고 조선의 고대가요를 연구하고 있습니다. 형께서 고서적을 많이 주장하셨단 말을 듣고, 진작부터 한번 소개해 달라고 해왔습니다. 바쁘실 터인데 미안하오나 좋은 문헌을 많이 구경시키시고 참고될 만한 말씀도 많이 들려주십시오. 학계를 위해 좋은 인연이 되시기를 바랍니다.

〈명함으로 하는 소개〉

명함으로 소개하는 경우는 아조 간단하여 무방하다. 명함에 인장까지 찍기도 하는데 성의와 책임의 표시로 좋다고 생각한다.

● 친구 ×××군을 소개합니다. 친히 만나주시기 바랍니다.

● 이 사람은 제가 잘 아는 ×××군입니다. 선생을 꼭 좀 뵙고 싶어하니 잠깐이라도 만나주시기 바랍니다.

● ××사 기자 ×××군을 소개합니다. 과히 바쁘시지 않으시면 잠깐 이를 위해 시간을 내어주시기 바랍니다.

그러고 소개장은 소개 희망인 당자가 가지고 갈 적에는 봉투를 봉하지 않고 주는 것이 전례가 되어 있다.

3. 주문장

사고 싶은 물건을 편지로 주문하는 글이다. 상대가 상점이라 인간적이기보다 사무적으로 분명히 쓰면 그만이다.

1) 품명을 분명히 쓸 것(잡지 주문에 잡지 몇월호라 쓰지 않고, 그 잡지 광고문에서 본 목차의 어느 하나를 한 책으로 알고 주문하는 사람이 적지 않게 있다 한다),
2) 수량을 정확히 쓸 것,
3) 대금을 어떻게 보낸다는 것을 분명히 쓸 것,
4) 주문물품을 어떻게 보내란 것을 분명히 지시할 것.

〈서적 주문〉

● 전략前略. 귀관 발행의 좌기左記 서적을 주문합니다.
××× 저

『×××사전』 1부
우右 대금 ×원과 송료 ×십전을 소위체小爲替로 동봉하오니 사수査收하시고 속히 부치시기 바랍니다. 이만

〈약품 주문〉

● 전략. 귀당 발매의 좌기약품을 주문합니다.
'××환丸' 1제

우右 대금 ×원과 송료 ×십전을 소위체로 동봉하오니 사수하시고 약병이 파손되지 않게 포장을 특히 주의하여 곧 부쳐주시기 바랍니다.

4. 문의장問議狀

저쪽의 형편을 물어보는 편지다. 개인에게라면, 개인이라도 웃사람이라면, 또 웃사람이라도 초면인 사람이라면 더욱 겸손해야한다. 개인이 아니요 무슨 단체나 상점이라도 "가는 말이 고와야 오는 말이 고울 것"은 정한 이치다.

〈재택在宅 일시를 묻는〉

● 한번 뵈온 적도 없이 붓을 듭니다. 용서하시기 바라오며 저는 황해도 해주 사는 ×××라는 청년으로 선생님의 독자의 한 사람이올시다. 글을 통하와는 선생을 마음 속에 모신 지 오랩니다. 이번 서울 온 길에 선생님을 꼭 뵙고 가고 싶사오나 소개를 얻을 만한 데도 없사와 당돌히 직접 여쭙는 바이오니 어느 날 어느 시쯤 댁으로 찾아가면 뵈올 수 있을는지 황송하오나 한번 알려주시기 바랍니다. 저는 앞으로 약 일주일간 이 여관에 묵을 예정입니다. 총총이만.

〈상품의 유무를 묻는〉

● 제번除煩 귀사 발행의 『소파전집小波全集』을 사고 싶사온데 아

직 있습니까? 몇 책으로 되었으며 대금은 모두 얼마가 됩니까? 소료所料까지 즉시 알려주시기 바랍니다. 이만.

● 제번. 귀점 상품목록이 있으면 한 벌 수송해주시기 바랍니다. 이만.

자기가 답장을 요구할 때에는, 엽서면 왕복엽서로, 봉서이면 반신료를 우표로 넣어 보낼 것을 잊어서는 안 된다.

제7강 여행중에 흔히 쓸 편지들

여행이란 우선 집을 떠나는 것이다. 어디로든 가는 것이다. 아직까지의 바라보던 산이 아니요 동리가 아니다. 보이고 들리는 풍물에 새 감흥이 없을 수 없다. 그런데 내 집과 내 사무실과 내 동리에는 집안사람들과 친구들을 두고 왔다. 서로 떠나 있으니 안부가 궁금할 것은 물론, 여행중에 얻는 감흥을 돌아가기 전에 우선 몇 줄 글로라도 나누고 싶을 것도 상정이라기보다 차라리 예의이다. 더욱 사적으로나 공적으로나 무슨 용무를 띤 여행이라면 자기의 동정과 처사處事를 알리어야 한다. 객지에 나와 흔히 쓸 편지란, 이렇게,

떠나서부터 어느 곳 도착, 출발,

저쪽과 자기의 안부,

용무의 진척 등을 알리며 따라

새 견문의 감흥을 전하는 것이 그의 요령일 것이다.

객지 소식엔 무엇보다 객지맛이 풍기어야 좋다. 객지맛이란 수시수처隨時隨處에서 감각되는 즉흥을 가리킴이니 억지로 꾸미기에 애쓸 것은 아니로되, 감흥이 솟는 만치는 표현되는 것이 오히려 자연이다.

구경을 싫어하는 사람은 없다. 구경이란 못 보던 것을 봄을 가리키는 말이다. 자기의 구경을 알릴 수 있는 데까지 알림은, 여행은 혼자 하되 여행맛을 여러 사람에게 보이는 미덕이다.

● 정형!

향기로운 MJB의 미각을 잊어버린 지도 20여 일이나 됩니다. 이곳에는 신문도 잘 아니 오고 체전부遞傳夫는 이따금 '하도롱' 빛 소식을 가져옵니다. 거기는 누에고치와 옥수수의 사연이 적혀 있습니다. 마을 사람들은 멀리 떨어져 사는 일가 때문에 수심이 생겼나봅니다. 나도 도회에 두고 온 일이 걱정이 됩니다.

건너편 팔봉산에는 노루와 멧도야지가 있다 합니다. 그리고 기우제 지내던 개골창까지 내려와 가제를 잡아먹는 곰을 본 사람도 있습니다. 동물원에서밖에 볼 수 없는 짐승들을 사로잡아다가 동물원에 갖다 둔 것이 아니라, 동물원에 있는 짐승들을 이런 산에다 내어놓아준 것만 같은 착각을 자꾸만 느낍니다. 밤이 되면 달도 없는 그믐칠야에 팔봉산도 사람이 침소로 들어가듯이 어둠 속으로 아조 없어져 버립니다.

그러나 공기는 수정처럼 맑아서 별빛만으로도 넉넉히 좋아하는 '누가복음' 도 읽을 수 있을 것 같습니다. 그리고 또 참 별이 도회에서보다 갑절이나 더 많이 나옵니다. 하두 조용한 것이 처음으로 별들의 운행하는 기척이 들리는 것도 같습니다.

객줏집 방에는 석유등잔을 켜놓았습니다. 그 도회지의 석간夕刊과 같은 그윽한 내음새가 소년시대의 꿈을 부릅니다. 정형! 그런 석유등잔 밑에서 밤이 이슥하도록 '호까-권연갑지' 붙이던 생각이 납니다. 베짱이가 한 마리 등잔에 올라앉어서 슬퍼하는 것처럼 고개를 숙이고 도회의 여차장이 차표 찍는 소리 같은 그 성악을 가만히 듣습니다. 그러면 그것이 또 이발소 가위소리와도 같아집니다. 나는 눈까지 감고 가만히 또 자세히 들어봅니다. (하략)

– 이상씨가 성천에 가서 정인택씨에게 쓴 것

이것은 편지이기보다는 문예이다. 이처럼 여정 표현에만 충실하라는 것은 아니다 아무튼 받는 사람도 그곳 풍정을 여실히 감상할 수 있다는 것만은 좋지 않은가. 그 점은 충분히 참고할 것이다.

무명산촌인 이외에 웬만한 도시나 경승지에는 으레 그곳 사진엽서가 있다. 여관도 호텔급이나 되면 저이 여관의 사진엽서도 있다. 그곳다운 풍정을 풍기는 것으로 그곳 사진엽서처럼 간편하고도 구체적인 것은 없을 것이다. 긴 사연이 아닌 것으로, 안착安着, 정처定處, 즉흥卽興쯤을 알리는 데는 얼마든지 이용할 것이다. 한 가지 주의할 것은 사진엽서의 선택이다. 첫째는 받을 사람을 표준할 것이나 내용이나 색조가 너머 기발하다거나 저속

한 것은, 간접으로는 보내는 자기의 취미와 풍격도 나타내는 것이 되므로 그곳 사진엽서가 품격이 낮은 것뿐이라면 차라리 쓰지 않는 것이 옳을 것이다. 그리고 여신旅信은 흔히는, 차중車中에서, 정거장 대합실에서 총망히 쓰는 것이므로,

간명히,

인상적이게 씀에 주안主眼할 것이다.

1. 사무적인 것

● 밤새 평안하십니까? 오늘 아침 차를 나려 표기처에 주인을 정했습니다. 조반이나 먹고는 곧 군청으로 가 토지대장을 열람해 보겠습니다. 여기는 답품하러 다니기에 유감없이 좋은 날씨올시다. 토지시세도 널리 알아보고 마땅하면 전보를 칠 터이오니 계약금을 즉시 전보환으로 부치실 준비를 하고 계시기 바랍니다. 이만.

● 제번除煩. 어제저녁 이리로 오고 말았습니다. 더 묵는대야 비용만 날 것이오 하루이틀에 도저히 청산될 것 같지 않아 수형手形만 다시 써 받았습니다. 물건은 쉽게 주고 대금 회수는 이처럼 어렵다는 것은 근본적으로 생각할 문제 같습니다. 집금集金은 여의히 못했으나 경험은 여러 가지를 했습니다. 여기까지 온 김에 내일은 해운대 온천에나 가 하루 푹 쉬고 모레쯤 올라가겠습니다.

총총이만.

● 사내社內 다 무고하십니까? 오늘 북청에 왔습니다. 서울서는 햇감자를 먹고 왔는데 여기는 이제야 감자가 꽃이 피기 시작합니다. 지국장을 만나 지국 형편도 자세 듣고 장래 방침도 들었습니다. 그간 여기 지국은 본사와의 연락이 좀 불충분했던 모양입니다. 본사와의 관계를 개선해야 할 몇 가지를 발견한 것은, 다른 데를 위해서도 훌륭한, 여기서의 좋은 수확입니다. 내일 갑산으로 가 다시 쓰겠습니다. 이만.

● 제번. 신문에서 밤낮 서리 일찍 오기로 유명하던 풍산이란 과연 고원이라기보다 고산지대였습니다. 자동차로 올라오기만 두 시간 이상이 걸린 후치령이라 내려가기도 한참이려니 했는데 약간 비스듬히 언덕길을 달리다가 나오는 거리가 풍산입니다. 자동차가 점심으로 쉬는 동안 면소面所로 달려가 이곳 문헌도 좀 얻었습니다. 다시 산들을 넘기는 하나 후치령 올라온 것을 결코 떨어치지 않고 갑산까지 오는 것입니다. 날이 늦어 지국을 찾지 못한 채 숙소부터 정했습니다. 여기까지 와 들으니 라디오가 신기합니다. 늘 듣던 아나운서의 목소리가 어찌 반가운지요! 오늘은 이만.

● 밤새 부모님 안녕하십니까. 오늘 아침차에서 내리는 길로 병원으로 와보았습니다. ××는 그다지 위중하지는 않사오니 안심하시옵소서. 병명은 폐렴, 열은 차츰 내리는 길이온데, 어제 밤은 38도 오늘 아침은 5분이 내렸습니다. 호흡도 좋아졌다 합니다. 그애 선생님 한 분이 간호부 이상으로 친히 와 밤을 새며 간호해 주시고 계셨습니다. 의사가 사흘 뒤이면 차를 타도 괜찮겠다 하오니 그쯤 되오면 일단 집으로 데리고 내려가겠습니다.

다시 조석으로 경과를 알려드리겠습니다.

● ××보아라
어머니서껀 안녕하시냐? 아버지는 오늘 백천서 연안으로 왔다. 백천이 있기는 편하나 너머 조용치 못해 이리로 왔다. 한 이틀 묵어 올라갈 터이다. 엄마 말 잘 듣고, 저녁이면 화초에 물들 주고 밤에 차게 자지 말고 잘 있거라.

● 그간 집에 별고 없소? 나는 신경으로 직행하지 않고 오늘 아침 봉천에 잠깐 나리었소. 시가 구경이나 하고 오후차에 떠나려 하오. 사진에 보오만 호텔 외관이 하 산뜻하기에 이리 들어와 양식 조반을 먹고 로비에 앉어 이 엽서를 쓰오. 참 ×씨 주소를 덤비다가 빠트리고 왔으니 찾아보아서 전보로 신경 '국유' 로 곧 알려주시오.

2. 즉흥적인 것

● 오늘 아침 경주에 안착. 대뜸 박물관에부터 들어섰네. 아! 초석礎石, 석정石井, 석등石燈, 석수石數, 석불石佛의 아름다운 선들! 음영陰影들! 입체들! 돌이 어떻게 이렇게 미려할 수 있을건가! 자네허구 같이 못 보는 게 유감일세. 우선 사진으로나마 이 귀여운 적은 석상의 미소하는 표정을 보게. 불국사로 가서 다시 알림세.

● 경주를 당일로 떠나기 아까워 하루를 더 거닐다 오늘에야 불국사로 왔네. 여기 와 보니 여기선 이틀은커녕 최소한도로 일주

일은 묵고 싶네. 불교의 사원이 아니라 미의 사원일세. 청운교, 백운교의 돌층계, 서정의 구름다리일세! 신라사람들은 돌을 떡 주무르듯 했네. 노리개를 많이 찬 귀부인 같은 다보탑, 금강역사를 백百을 묶어 세운 듯한, 우뚝하고 억센 석가탑 한참 바라보면, 천년이란 세월이 이 탑머리에 지나가는 구름들처럼 눈에 보이는 것 같네! 웬만하면 이 편지 받고 나려오게. 여기선 좀 여장을 끄르고 푹 메칠 쉬어볼까 하네.

● 오늘 아침 내금강에 나리었네. 아, 청천삭출靑天削出이라더니 깍아지른 듯한 석봉들이 밀림과 창공 그 중간에 병풍처럼 둘러 있네! 물소리! 서울서야 수통水桶을 만개를 튼들 어찌 저런 소담스런 냉미冷味가 풍기겠나. 한때나마 번루煩累를 떠나 자연에 든다는 것은 '나' 라는 한 생명이 얼마나 순수해지는지 모르겠네! 장안사는 이내 나타나네. 울창한 전나무숲을 빠져 일대주란교를 건느니 가람이 대궐처럼 즐비하네. 예정은 3일간이나 아마 한 이틀 늦을는지 모르겠네. 지날 길에 가끔 우리집에 좀 들여다봐주기 바라네.

● 오늘 아침 차창이 밝을 녘에 마침 차도 해변을 달리기 시작했다. 난 어찌 좋은지 손뼉을 칠 뻔했다. 작년에 네가 송전 갔을 때 좋아하던 것을 생각하고 이번에도 같이 왔더면, 하였다. 나는 사흘은 여기서 묵어야 볼일이 끝날 것 같다. 볼일만 끝나면 그날은 밤으로라도 떠날 터이다. 집안 늘 보살피고 잘 있거라.

● 오늘 누님댁까지 잘 왔습니다. 누님도, 매부도 다 무고하십니다. 왜 어머님을 좀 모시고 오지 않았느냐고 합니다. 저도 모시

고 못 온 것을 곧 후회했습니다. 누님댁 과수원을 구경시켜드리고 싶어서입니다. 사과가 나무마다 새빨간 것이 땅에 닿도록 휘지게 열렸습니다. 마음대로 따먹으래서 일곱 개나 따먹었더니 그만 배가 불러졌습니다. 모레는 사과를 한짐 지고 올라가겠습니다.

제8강 가정부인이 흔히 쓸 편지들

예전에는 칠거지악 가운데 다언거多言去라는 것이 한 가지 있었다. 말이 많으면 버린다는 것이다. 현대라고 다언多言이 여자의 미덕이 될 수는 없지만, 여자들도 생활 그 자체부터, 감정 그 자체부터 과언寡言에서 차츰 다언多言에로 경향傾向하며 있는 것만은 사실이다. 현대에선 여성들도 사회생활을 가질 수 있게 되었다. 생활처소를 가정에 국한한 부인네라도 소학교, 중학교, 전문학교까지의 동무들만도 결코 적은 수가 아니요, 가정에 들어앉는다는 이유만으로 그들과 일조一朝에 절교가 되는 것도 아니다. 칠거지악시대의 여성들은 예상도 못할 만치 광범위의 사교생활을 도저히 무시할 수 없는 것이다. 사교만 아니다. 예전에는 어미들이 아들이나 딸과 편지를 주고받을 일도 현대에다 대면 전무했다 하여도 과언이 아니다. 그러나 지금의 어머니들은 얼마나 빈번히 그 공부 간 아들과 딸들에게 편지를 써야 하게 되었는가?

편지도 자기표현의 하나라 하였다. 한순간의 조그만 웃음조차 세련된 것이 보기 좋거든, 시간적으로 얼마든지 갈 수 있는, 자기는 죽은 뒤에라도 남을 수 있는 문자의 기록인 이 편지에서야 그 '훌륭한 표현' 되기를 얼마나 더 긴절히 바랄 것이랴!

훌륭한 표현이란 거짓이 없어야 한다.

거짓이 없으랴면 무엇보다 그 사람다워야 한다. '그 사람답게' 라는 것을 남자와 여자로 분간한다면 여자의 표현은 먼저 여자다워야겠다. 그냥 만나서 말로 하더라도 여자는 그 천성의 부드럽고 인사성스러운 음성과 어조가 상대자를 기쁘게 하는 것이다. 편지에는 소리가 따라가지 않는다고 해서 막 써 될 것인가? 우리 문장은 뜻의 문장이 아니라 소리의 문장인 것이다. 문자부터 표의表意가 아니라 표음表音문자인 것이다. 소리가 울리지는 않아도 소리가 그대로 형용形容이 되는 것이다. 어딋문장보다도 쓴 사람의 말투가 그대로 느껴지는 특색을 가진 것이다. 그러므로 말부터 조심해서

1) 인사성스럽게

2) 어감이 아름답게

써야 할 것이다. 다음의 문장을 음미해보라. 어떤 특색이 나타나는가?

자녀 입히오심이 지극히 검박하오시되, 또한 때에 맞게 하오시고 우리 남매 옷도 굵을지언정 매양 더럽지 아니케 하사 검박하오심과 정결하심이 겸하오신 줄 어린데도 아올 일이 있더라. 선비先妣겨오서 당시 희노喜怒가 경輕치 아니하오시고 기상이 화기和氣를 열으시나 엄숙嚴肅하오시니 일가一家 우러러 성덕盛德을 일컫고 어려워하지 아닛는 이 없는지라.

혜경궁 홍씨의『한중록』의 일절인바 썩 부드럽고 간곡하다.

"입히심이" 혹은 "입히옵심이" 할 것을 "입히오심이" 하였고,

"검박하시되" 혹은 "검박하옵시되" 할 것을 "검박하오시되" 하였고,

"더럽지 않게 하사" 할 것을 "더럽지 아니케 하사" 하였고,

"겸하옵신 줄" 할 것을 "겸하오신 줄" 하였고,

"선비께서" 혹은 "선비께옵서" 할 것을 "선비겨오서" 하였다.

이렇게 '된소리'를 될 수 있는 대로 피하였다. 지금에 이런 고전을 그대로 따를 수는 없겠지만 명랑미明朗未를 내인다고, 또 의지적인 표현을 한답시고 너머 '된소리'를 삼감 없이 막 쓰는 것은, '여자다운 말씨'의 미점을 손상할 염려가 없지 않은 것이다. 될 수 있는 대로 말을 거세지 않게 하고 "인전 오너라 네가 우리 집으로" 이런 투로, 즉, 입에서 나오는 어세어감대로 막 쓸 수 있는 동무 이외에는, 말의 선후를 분명히 가리고 (우윗 말에서 '오너라'가 끝으로 가야 할 것이다) 겸손하고 정중한 예를 보이기 위해서는 '인전'이니 '오셔선'이니처럼 말을 줄이지 말고 '이제

는' '오시어서는'으로 말의 본태本態를 갖추어 쓸 것이다. 또 그냥 지껄이는 말에도 격한 소리는 품위가 없다.

"먹들 못해서"

"편틀 못해서"

"어딜 갔니?"

"학교엘요"

의식적으로 그런 효과를 위해서라면 몰라도 보통으로는,

"먹지 못해서"

"편치 못해서"

"어디를 갔니?"

"학교에요"

가 점잖다. 유순하고 곡진한 것이 여성의 편지로는 최고의 화장化粧일 것이다.

1. 웃어룬께 하는 편지

〈친정어룬께 하는〉

● 아버님 보옵소서.

절기가 몇 번이나 바꾸이도록 안부도 올리지 못하왔습니다. 살피지 못하온 동안 아버님께서와 어머님께서 기력 한결같이 안녕하시고 오라범들이며 조카들도 탈없이 지내옵는지 두루 알고저 하오며 이곳은 시부모님 이하 제절이 일안하시고 저도 몸 성히 있삽나이다. 끝엣오라범이 올에 졸업인 줄 아옵는데 어느 전문학교에 입학이 되었습니까? 큰올케는 이 달이 산달이 아니오니까? 이 달도 벌써 보름이 지났으므로 그간 몸을 풀지나 않았는지 궁금하옵니다. 저이 어린 것은 이번에 큰 것은 소학교에 입학하옵고 그 아랫것은 유치원에 들었습니다. 날씨도 훨씬 풀리었사오니 어머님께서 한번 다녀가셨으면 하고 은근히 고대하옵니다마는, 큰올케가 어서 순산하고 삼칠일이나 지나야 집을 떠나실 수 계시겠지요. 초산은 아니지만 이번에는 부디 산파를 다녀오게 분부하시옵소서. 제가 당해온 일이오라 산파란 절대로 필요하다 생각하옵나이다. 산경 있는 대로 일자 알리시기 바라오며 총총 이만 적삽나이다.

여식 ×× 올림

● 어머님 보옵소서.

일전에 하서하옵신 것과 면주 부치신 것은 잘 받았습니다. 다 무고하옵시다니 다행이오며 면주도 모다 덩이가 성한 채로 왔습니다. 어찌 잘 떴는지 간장이 진하리라고 시어머님께서 따님댁에까지 돌르시며 매우 기꺼하십니다. 어머님께서 겨우내 애써주신 덕택입니다. 지난 초엿샛날은 현욱이 돌이었습니다. 돌상이랍시고 채리기는 했으나 친정이 머와 저만은 속으로 한편 어찌 섭섭했는지 모릅니다. 그리하와 오늘은 그날 찍은 사진을 찾아오는 길로 어머님께부터 부치려고 붓을 들었습니다. 저이 두 고모님들이 다 옷을 한 벌씩 해왔답니다. 그래 어느 한 군데 옷만 입힐 수가 없어 저고리는 큰고모가 지어온 것으로 입히고 바지는 작은고모가 지어온 것으로 입히고 두루마기는 제가 지은 것으로 입혔답니다. 깃이 약간 처지기는 하여도 여학생 바느

질로는 제법이라고 시누님들헌테 칭찬을 다 받았답니다. 작년까지도 틈만 있으며 어쩐지 서글픈 것이 집생각만 나옵더니 어린 것을 가져보오니 그런 생각 할 틈도 없을 뿐 아니오라 차츰 여기가 집이거니 마음먹어집니다. 출가외인이라고 하시던 말씀이 생각나와 혼자 쓴웃음을 지어보군 합니다. 사진은 봉투에 들지 않사와 따로 부치오며 받으시고 답장 주시옵기 바랍니다. 총총 이만 적습니다.

여식 ×× 올림

● 오라버님 보옵소서

오래 안부 여쭙지 못하와 궁금하옵기 몇 자 올립니다. 날새 오라버님 안녕하시고 형님과 아기들도 무고하십니까. 형철이가 인전 아마 따루 설 걸이요? 사진이나 찍으신 것이 있으면 한 장 보내주십시오. 저이는 다 잘 있습니다. 인순이 아버지께서는 회사일로 만주에 가신 지 사날째 됩니다. 아마 사날 더 있어야 돌아오신다나 봅니다. 올봄에는 과원에 꽃들이나 잘 맺혔습니까? 저는 사과때보다도 딸기 먹을 때가 되면 더 친정생각이 나군 합니다. 인순이만 무탈하면 단오전으로, 설탕과 크림이나 좀 구해가지고 딸기 먹으러 가겠습니다. 참 언니께 말씀 좀 전해주십시오. 일전에 길에서 언니 동무 최금숙씨를 뵈왔습니다. 이번에 서울로 이사를 왔답니다. ××정 ×번지라고 일러주면서 자기도 집안이나 정돈이 되면 편지를 한다고 하면서 우선 안부를 전해달라고 했습니다. 벌써 소학교 사학년생인 아들을 앞세고 다니는데 아조 살림꾼의 틀이 잡혔습니다. 언니도 서울 한번 보내세요. 바쁘시드라도 답장이나 주시기 바라오며 이만 끄칩니다.

×× 드림

〈시집어른께 하는〉

친정부모님을 그 당자께는 '친정아버님' '친정어머님' 이라 하지 않듯, 시부모께도 그 당자께는 그냥 '아버님' '어머님' 하는 것이 생활그대로일 것이다. '친정아버님' 이니 '시어머님' 이니 함은 제삼자와 말할 때에나 쓴다.

● 아버님께 올립니다.

일기 고르지 못하온데

아버님 평안하옵시고 어머님께서도 안녕하옵나이까 알고저 하오며 이곳 친정은 범절이 무고하십니다. 올릴 말씀 다름 아니와 어린 것이 날이 갑자기 차진 연고이온지 먹는 것을 잘 새기지 못하는 것 같습니다. 대단치는 않사오나 속을 덥혀주는 것이 좋겠사오니 집에 있는, 그 인삼 든 화제를 좀 적어 보내주시면 미리 약을 몇 첩 쓰겠습니다. 음식과 잠자리를 특히 조심시키오니 과히 하렴치 마옵시며 왔던 길에 할아버님 제사나 모시는 것을 뵈옵고는 즉시 올라가려 합니다. 내내 기체 안녕하시기 바라오며 이만 끄치나이다.

자부 ×× 드림

● 어머님 보옵소서

밤새

어머님 안녕하십니까. 저는 어린 것 다리고 무사히 왔습니다. 친정은 모다 무고하십니다. 윤근이 때문에 이른 조반을 보살피실 것이 죄송하오며 와서 생각하오니 윤근이 속옷을 갈아입히지 못했습니다. 반닫이 속에 빤 것이 있사오니 단추가 떨어지지 않았나 보시어서 갈아입히시기 바랍니다. 윤숙이는 처음에는 외할머님께도 낯을 가리더니 한상에서 조반을 먹고 나서는 이내 안기고 업히고 합니다. 모시지 못하는 동안 내내 안녕하시기 바라옵고 우선 이만 아뢰나이다.

자부 ×× 올림

〈남편에게 하는〉

남편에게는 먼저 무어라고 불러야할지가 주저된다. 성명을 다 쓰는 것은 너머 남 같아지니까 이름만 쓰고 씨를 붙이는 것이 좋을 것 같다. 이름이 '경식'이라면 "경식씨께" 해도 좋고, "경식씨께 올립니다" "경식씨 보시옵" "경식씨 보십시오" "경식씨 보옵소서" 다 좋다. 만일 혼인한 지 오래여 아기가 있다면 아기 이름을 내세워 "××아버지께" "××아버지께 올립니다" "××아버지 보시옵" "××아버지 보십시오" "××아버지 보옵소서" 하면 더 가정적이어서 좋다.

- ××씨 보시옵

날새 안녕히 계십니까? 여긴 부모님 다 평안하시고 저도 잘 와 있습니다. 서울서는 친정집 생각뿐이옵더니 와서 보니 새 우리집 생각은 그보다 더한 것을 느끼고 어머님께 속으로 미안하기까지 했습니다. 이래 아마 딸은 쓸데없다고들 하나봅니다. 제가 있을 때도 별 솜씨 없었지만 조석으로는 찬을 무얼 해 잡수시나 걱정이 됩니다. 순이가 전기도구 다루는 것이 아직 서투르오니 가끔 돌보시기 바라오며 와이샤쓰와 양말을 더럽기 전에 갈아입으시기 바랍니다. 한 열흘 있겠다고 하였는데 열흘이 창창하와 공연히 그랬다 후회됩니다. 왜 좀 같이 오지 않았느냐고 어머님께서 매우 섭섭해하시니 이번 토요일쯤 오시면 어떠시겠습니까. 그러면 일요일 오후 차로 저도 같이 열흘 안에라도 올라가십시다. 우리 혼인 때 들러리 섰던 경분이, 이번에 약혼이 되었답니다. 무슨 선사를 허나 하고 생각중입니다. 답장 얼른 하세야 돼요. 꼭 토요일 오후에 오셔야 돼요. 네? 이만 여쭙고 안녕하시기만 빌며.

● ××아버지께

밤새 별고 없으십니까? 삼방에 나리니 이슬비지만 날이 궂어 춥고 고생했습니다. 여관은 작년 그 여관 하인이 나와 쉽게 정했습니다. ××는 벌써 언제 가느냐고 묻는 것이 집생각부터 나나봅니다. 오늘 아침으로 약물을 떠다 밥을 지어 달랬지오. 속이 어찌 편헌지 모르겠습니다. ××가 다 "이런 약물이 집에 하나 있으면 엄마가 얼마나 좋을까!" 그랬습니다. 더우에 잡숫는 것도 조심하시고 약주 좀 과하게 하시지 마시고 저 없는 때는 특히 일즉 들어오시어 학교에서 온 아이들 몸 씻는 것과 복습허는 것서껀, 반찬서껀 보살펴주십시오. 대근이는 수박은 괜찮어도 참외는 먹으면 반드시 덜 좋은 속이오니, 수박과 토마도나 군것질을 시키시기 바랍니다. 온김에 갑갑하기는 하와도 진득히 견디어 약물 효력을 보고 올라가려합니다. 저녁이면 문단속 잘하도록 일르십시오. 우선 이만 아뢥니다.

××모 드림

2. 아랫사람에게 하는 편지

〈아들에게 하는〉

● ×× 보아라

요즈음 심한 더위에 몸 성히 있느냐. 주인댁에도 무고하시고 학교에도 별고 없으며 저녁이면 물것이나 심하지 않은지 소식 들은 지 오래 궁금하다. 여기는 아버님께서 감기로 좀 누으셨드랬으나 이제부터는 출입을 하시고 나도 편히 있고 네 동생들도 학교에 잘 다닌다. 네가 작년에 얻어다 심은 작약이 올에 꽃이 분홍으로 탐스럽게 다섯 송이나 피어서 집안에서 모다 네 말을 하고 아버님께서 퍽 기뻐하시었단다. 아무쪼록 몸 깨끗이 거두고 음식 밖에 나가 함부로 사먹지 말고 공부와 운동 적당히 하여 좋은 건강과 좋은 성적으로 방학에 오기 바란다. 네가 좋아하는 건대구가 좀 생기었기 부친다. 반찬으로만 먹어라. 마른입에 먹으면 자연 물을 켜 배탈나기 쉬우니라. 받는 대로 즉시 회답 있기 바라며 이만 적는다.

모로부터

〈딸에게 하는〉

● ×× 보아라

오늘 네 편지 반가히 받았다. 몸 성히 있다니 기쁘며 자리옷은 네 말대로 지어 곧 부치마. 여기는 다들 무고하시니 안심하여라. 너이 아버지께서는 네 성적이 차츰 나아간다고 기꺼하시나 나는 네게 걱정되는 것이 공부만이 아니다. 기숙사라 사감선생께서 어련히 잘 가르키시랴마는, 선생님의 분부가 계시기 전에 네가 할 일은 양말짝 하나 거두는 것이라든지 손 씻은 물 내버리는 것 한 가지까지 얌전하게 신속하게 해야 한다. 방도 눈에 띄는 데만 깨끗해 소용없다. 반침 속 쓰레기통 속까지 정돈되어야 하고 눈에 보이지 않는 공기까지도 깨끗해야 한다. 봄에 보낸 사진을 보니 네가 저고리 고름을 제일 단정치 못하게 매였드라. 여자는 옷매무시가 그 성격표현에 중요한 하나다. 모양을 내라는 것이 아니라 단정하라는 것이다. 모양과 단정을 엄격히 구별해서 어디 가든 어미가 마음놓을 수 있는, 총명한 딸이 되어다오. 방학에 올 때 네 보증인 서주신 댁에 인사하고 올 것 잊지 말아라. 이만 끄친다.

어미로부터

〈동생에게 하는〉

● ××에게

오래간만에 붓을 든다. 이 엄동 치우에 어머님 안녕하시고 너도 건강히 학교에 잘 다니는지 알고 싶다. 나는 시부모님 다 안녕하시고 어린것들과 탈없이 지낸다. 졸업반이라 바쁘겠지만 어쩌면 너조차 그렇게 편지가 없니? 네 혼인말은 그후에 어찌 되었니? 네 형부께서 어디 좋은 신랑이 있다고 네 말을 하시기에, 네게 알아보라 여쭈었다. 그전 말 있던 데와 결정이 되었는지, 아직 안 되었는지 곧 기별해라. 어머님께서 발 어신 것이 이만 때면 늘 도지시더니 올에는 어떠시냐. 추운 날은 밧겉출입 안 하시도록 깨쳐드리군 하여라. 즉시 답장 있기 바라며 이만 끄친다.

3. 남에게 하는 편지

〈친구에게 놀러오라는〉

● ×××씨께

오래 못 뵈왔습니다. 그간 댁에 다 무고하십니까? 어찌 그다지도 뵈올 수 없습니까? 아기가 올에 아마 학교에 다니게 되었지요? 궁금한 푼수로는 저부터 한번 가 뵈오련만 무얼 하는지 밤낮 집구석에서 둥싯대기만 합니다. 메칠 전에 ××언니가 저이집에 들리셨었습니다. 그 언니도 ××씨를 얼굴을 잊어버리게 되었다고 하시면서 저이집 모란꽃이 맺힌 것을 보고, 이 꽃을 혼자 보지 말고 동무들을 좀 청하라고 하기에 저도 진작부터 먹었던 생각이라 용기를 내였답니다. 길이 외지고, 아무 채릴 것도 없으나 또 꽃이라야 덕수궁이나 창경원에 가면 백배 더 즐기실 것이나 꽃은 핑계옵고, 오래간만에 한자리에 모이실 기쁨만으로 꼭 좀 와주시기 바랍니다. 이번 토요일 오후에 모이기로 했습니다. 멤버는, ××언니, ×××씨, ×××선생님, 그리고 ××씨십니다. 늦어도 다섯시까지 옵고 일즉이 오시는 것은 얼마든지 환영이오며 아기를 다리고 오시기 바랍니다. 만일 상치되시는 일이 계시면 엽서로라도 기별해주시기 바라오며 웬만한 일은 계시드라도 달리 미루시고 여기만은 참석하시어 모이는 동무들이 섭섭치 않게 해주시기 바랍니다. 답장이 없으시면 꼭 오시는 줄 믿겠습니다. 총총이만.

〈친구에게 놀러가겠다는〉

● ×××씨께

뵈온 지 오랩니다. 그간 댁내 무고하십니까? 살림 재미가 좋으시단 말씀은 풍편에 종종 듣습니다. 더욱 댁을 신축하시고 정원서껀 절묘하게 차리셨다기에 진작부터 한번 구경가고 싶던 차에 요즘 댁 근처는 신록도 좋을 것이라 과히 폐스럽지 않으시다면 하루 놀러갈까 합니다. 어느 날쯤 댁에 계실는지, 댁에 무슨 연고나 없으신지 몇자 알려주시기 바랍니다. 다른 말씀은 뵈올 때 여쭙기로 하고 이만.

〈친한 집 혼사에 하는〉

● ××어머님께

그간 댁내 평안하십니까? 듣자오니 이번에 따님 혼인을 하신다구요? 얼마나 기쁘십니까. 신랑이 훌륭하다는 말도 들었습니다. ××같은 얌전한 색씨를 며누리로 다려가는 집은 얼마나 복이 많을까요? 일간 한번 찾아가 보입겠습니다만 우선 저이집 일처럼 기쁜 나마에 몇자로 축하의 말을 드립니다. 총총 이만.

〈친한 집 상사에 하는〉

● ××어머님께

××아버님께서 오래 편치 않으시다더니 그예 이런 슬픈 소식이 들립니다그려! 얼마나 애통하시겠습니까! 그러나 살다가

뜻밖엣일이 없는 집이 어디 있으며 선후만 다를 뿐이지 어느 하나가 먼저 가지 않는 부부가 어디 있으리까. 어서 진정하시어 아기들의 장래를 위하여 남은 일을 손수 분별하시기 바랍니다. 마땅히 가서 뵈옵고 위로드릴 것이오나 시하에 있는 몸이라 뜻대로 못하오니 어찌 정리를 말하오리까. 약소하오나 지촉대를 동봉하나이다.

××× 삼가 올림

〈선사를 보내는〉

● ××어머님께

그간 댁에 별고 없으십니까? 이번에 저이 주인께서 함경도에 가시었다가 명란을 좀 가져왔습니다. 여기서 사는 것보다 양념은 좀 나은 것 같습니다. 얼마 안 되오나 구경이나 하시라고 보내오니 웃고 받아주시기 바랍니다. 총총이만.

××× 드림

〈선사를 받고 하는〉

● ×××씨께

멀리서 손수 들고 오신 것이 얼마 되시리라고 이렇게 많이 보내셨습니까. 빛갈도 곱고 맛이 진미올시다. 얼근한 것을 좋아하시는데 덕분에 한참동안 찬 걱정을 면하게 되었습니다. 감사합니다. 이만.

××× 모 드림

〈바누질 집에 하는〉

● 제번하오며 급히 입을 일이 생겨 저고리 한 감을 보냅니다. 요전 것 척수대로 지으시되, 고름을 매이면 끝이 가찟하도록 맞추어주십시오. 모레 아침에 나갈 옷이오니 내일 밤에는 떨어져야 됩니다. 이편에 내일 저녁 몇시쯤 찾으러 오라 일러보내시기 바랍니다. 이만.

×××

〈식모에게 하는〉

● 순이 어머니 보시오.

그간 순이 아버지 병이 좀 어떠시오. 약이나 쓰시오. 우리는 별고 없으나 순이 어머니 아다시피 끼니때면 손이 모자라 난리라오. 이왕 간 길에 급히 서둘를 것은 없지만 잘 간호하고 완연히 뒷걱정이 없을 만치 차도가 있거든 하루라도 속히 와주기 바라오. 올 때는 날을 정해 미리 알리면 그날 정거장으로 ××라도 내보내리다. 총총이만.

××모로부터

제9강 엽서와 봉서의 서식

1. 엽서와 봉서의 다른점

엽서葉書는 봉투가 없다. 예전 '쪽지' 라는 것과 비슷하다. '쪽지' 는 그래도 접으면 문면文面이 감초이기나 허나 엽서는 접지도 못한다. 그러니까 문면이 그대로 드러나 누구의 눈에나 띄일 수가 있다.

봉서封書는 봉투가 있다. 봉투 하나가 미심하면 봉투에 넣은 것을 다시 봉투에 넣을 수도 있다. 얼마든지 중봉重封, 밀봉密封을 할 수 있다. 문면이 남의 눈에 띠이지 않는다.

첫째로, 엽서는 문면을 드러내고, 봉서는 문면을 감추는 것이 다르다.

엽서는 지면의 제한이 있다. 잘게만 쓰면 꽤 긴 사연도 적을 수 있겠지만 잘게 써야 된다는 것부터 제한인 것이다.

봉서는 지면이 무한하다. 아모리 길드라도 편지임에는 지면은 무한하다.

둘째로, 엽서는 지면의 제한이 있고 봉서는 지면의 제한이 없는 것이 다르다.

그러니까 엽서는 아무래도 봉서에 대이면 정식의 편지가 아니라 경편輕便을 위주로 하는 약식의 편지이다. 간단하고 비밀이 없는 사연을 쓰기에 적당하다. 그러나 간단하고 비밀이 없는 사연이라 하드라도, 약식인 이상 존경하는 웃어룬에게는 부적당하다. 아모리 사연은 간략하드라도 예의적으로 정중해야 할 데는 역시 봉서로 써야 할 것이다.

2. 엽서의 서식

〈이면裏面〉

엽서는 문면이 누구의 눈에나 띠이는 것이니 봉서보다도 차라리 문면이 히끗 보기에도 깨끗해야 할 것이다. 모필毛筆이나 철필鐵筆은 어느 것이나 좋으나 연필鉛筆로 쓰는 것은 무엇보다 불결하다. 지면이 적음으로 할말을 못다 쓸까보아 미리 깨알처럼 쓰다가 의외에 여백을 많이 남김도 보기 싫고, 여백은 알마초 남기었다 하드라도 세서細書는 봉서로 해야 할 것을 못하는 것 같아 궁상스러 보인다. 횡서도 좋지 않고, 줄글로 쓰드라도 왼편에서부터 시작해 들여쓰는 것은 더욱 삼가야 할 것이다. 지면의 상하를 보고 쓰지 않으면 가꾸로 쓸 염려가 있다. 혹 가꾸로 써졌거든, 될 수 있는 대로 그것은 찢어버리고 다시 쓰는 것이 예일 것이다. 천지좌우天地左右, 모다 한 자 이상의 여백을 남기는 것이 좋다.

〈표면表面〉

수신인의 주소는 1행으로 쓰는 것이 좋고, 길드라도 2행을 넘지 않도록 미리 짐작해 써야 할 것이다. 누구 '방' 이라고 주소에 인명이 나올 때에는 그 인명에도 예를 보이어 될 수 있는 대로 새 줄을 잡아 쓰고, 부득이하면 한두 자쯤 사이라도 떼여서 쓸 것이다.

수신인의 씨명氏名은, 가장 중앙에다가 주소 글자보다 반 배쯤 크게 쓰되, 주소보다 한 자쯤 떨구어서 쓰기 시작하고, 글자 사이를 한 자마다 한 자 자리만큼씩 떼여 쓸 것이다. 수신인 성명 밑에 달, '씨' 니 '전殿' 등의 칭호는 제2강을 참고하라.

발신인의 주소는, 좌편으로 인쇄된 우표 아래에 자리를 잡되, 일부인日附印에 얻어맞지 않도록 조금 떨구어 쓰고 수신인의 주소보다 적은 글자로 쓴다.

날짜는 주소보다 한 자쯤 올려 쓰고 그 아래에 이름을 쓴다. 수신인과 발신인의 주소성명의 기록은 우선 사무적인 표시니까 반드시 해자楷字로 쓸 것이다.

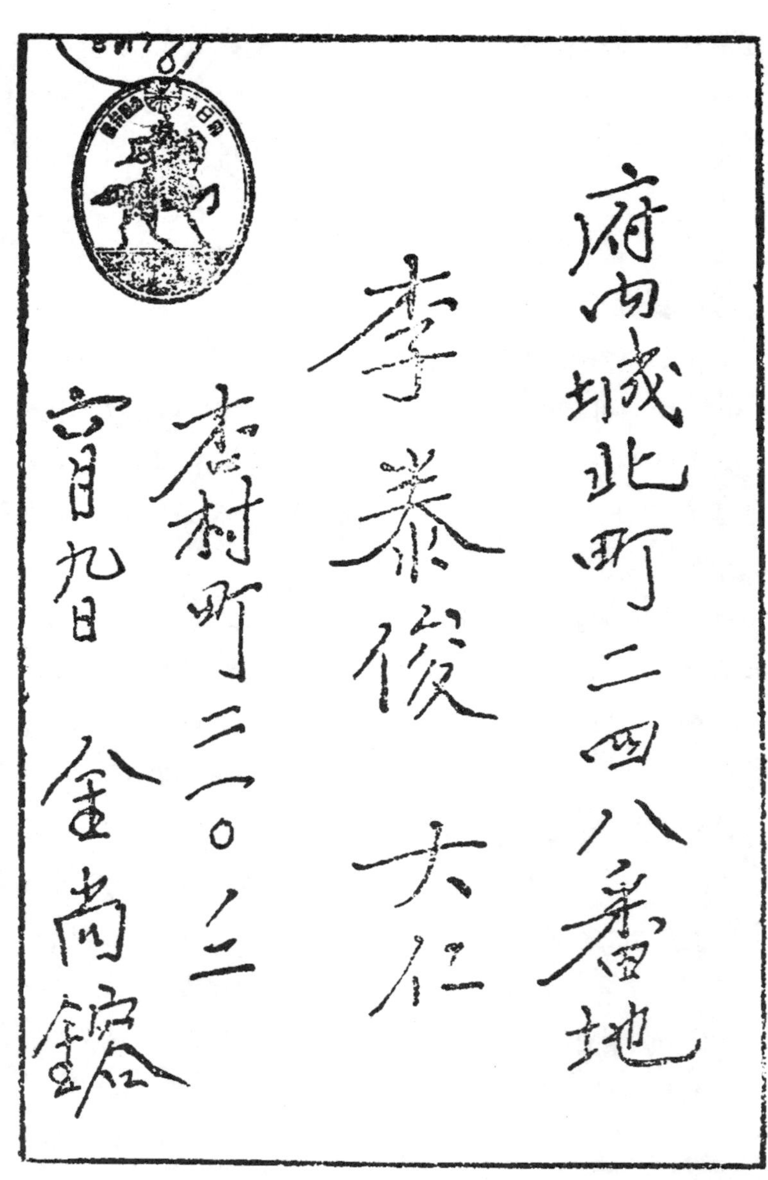

府内城北町二四八番地

李泰俊 大仁

杏村町二〇三

六月九日 金尚鎔

3. 봉서의 서식

〈편지지〉

엽서와 달라 사연을 적을 종이가 있어야 한다. 요즘 일반으로 씨이는 것은 편전지便箋紙와 두루마리와 원고용지다. 원고용지란 인쇄할 글을 초록하는 용지라 편지지로 대용함은 실례됨으로 쓰지 않는 것이 옳고, 두루마리는 모필용인데 정중하기로는 제일이다. 먹을 진히 갈아 궁체흘림으로 나려쓰는 것은, 더욱 여성들에게는 권하고 싶다.

● 두루마리에 쓸 때,

첫머리는 적어도 석 줄쯤 자리를 비어 놓고 쓸 것,

끝에 가서도 두 줄쯤 자리를 남겨 놓고 짜를 것,

천지天地의 여백도 천天은 두 자쯤, 지地는 한 자쯤 비이게 할 것이다. 그리고 첫머리에 이내 종이 이은 자리가 나오는 것은 받는 사람의 기분이 불쾌할 것이니 적어도 중간 이하에나 나오도록 할 것이다.

● 편전지便箋紙로 쓸 때,

줄을 친 것이든, 안 친 것이든, 첫 한 줄쯤은 비어 놓고 쓸 것,

끝에 가서도 역시 한 줄쯤 남은 것이 보기 좋다.

천지의 여백은, 줄을 친 것은 천지만은 미리 여백을 충분히 남

기고 친 것이니까 줄의 기장대로만 쓰면 된다. 줄을 치지 않은 것은, 천은 석 자쯤, 지도 두 자쯤 남기라. 그리고 줄이 있는 이상에는 한 칸에 두 줄씩 쓴다든지, 두 칸에 한 줄씩 쓴다든지 그것은 어느 것이나 좋지 않다.

편전지에도 그 사람의 취미와 기품 정도가 드러나는 것이므로 될 수 있는 대로 야단스러운 것은 피하고 깨끗하고 정중한 것을 위주로 선택할 것이다.

상업하는 사람은 자기 상점의 영업종목에서부터 전화번호, 진체구좌振替口座까지 그뜩 넣은 심히 선전적인 용지를 인쇄해가지고 쓰는데, 업무용이라면 차라리 그것이 효과적이겠지만 사신私信에까지 그것으로 쓰는 것은 사신 맛이 없고, 더욱 그런 복사용지에다 사신을 보내는 것은 가장 불미하다.

●접는 것은,

두루마리는 끝에서부터 들여 접어서 받는 사람이 펼쳐지는 대로 첫머리부터 읽을 수 있게 해줄 것이요, 접는 넓이는, 미리 봉투에 대어보고 너머 헐겁게도, 너머 분비게도 되지 않도록 용의用意할 것이다. 두루마리 접은 것을 다시 허리를 꺽는 것은 절대로 피할 것이니 두루마리를 살 때에 미리 그 기장이 그대로 들어가고도 훌훌히 남을 정도의 봉투로 고를 것이다. 편전지는 대개 폭이 좁고 키가 기니까 키대로 봉투에 들어가지 않는다. 천생 가로 접는 수밖에 없고 길이도 접으면 나중에 허리를 다시 꺾는 수밖에 없다. 어떻게 접든 이것도 봉투에 과히 헐겁게도, 분비지도 않게 주의할 것이다.

〈봉투封套〉

전면에는 수신인의 주소와 씨명을 쓰고 후면에는 발신인의 주소와 씨명을 쓴다.

●수신인의 주소와 씨명

주소는 전면 우측에 쓰되, 해자楷字로 쓸 것, 도, 군, 면, 리, 정, 번지까지 될 수 있는 대로 1행에 쓸 것, 누구 '방方' 이라고 누구의 씨명이 나오면 그 씨명에도 예를 보이어 한 자쯤 떼여 쓰기 시작하든지 딴 줄을 잡아 쓰든지 할 것은, 모다 엽서와 같다. 씨명도 중앙에 주소 글자보다는 좀 크게 쓰되 너머 바투 올려 써서 성자姓字에 일부인이 찍히지 않도록 할 것이요, 자간을 한 자 사이씩 떼일 것이요, 좌측 여백에는, 특히 급한 것을 표시하고 싶으면 '지급至急' 이라, 특히 비밀임을 표시하고 싶으면 '친전親展' 이라 쓰되 위치는 반이하에 쓰는 것이 보기 좋다. 우표는 좌측 최상부에 붙이되 가꾸로나 모루나 비뚜로나 붙이지 말 것이요, 우표를 두 장을 붙여야 될 때는 횡으로 연連해서 붙일 것, 석장 이상이 될 때는 종으로 나려 붙일 것이다.

●발신인의 주소와 씨명

후면에 쓰되, 주소는 우측, 씨명은 중앙에 쓰는 것이 수신인의 것과 같다. 다만 겸손한 표시로 글자를 수인신의 것보다 약간 작게 쓴다. 봉구封口에는 '〆' 보다 '봉封' 이라, '함緘' 이라 쓰는 것이 원칙이요, '꼭' 이니 'Seal' 이라 쓰는 것은 무관無關한 동무끼리나 쓸 것이다. 연월일은 좌측에 쓰되 발신인의 주소보다 두어 자쯤 올려 쓴다.

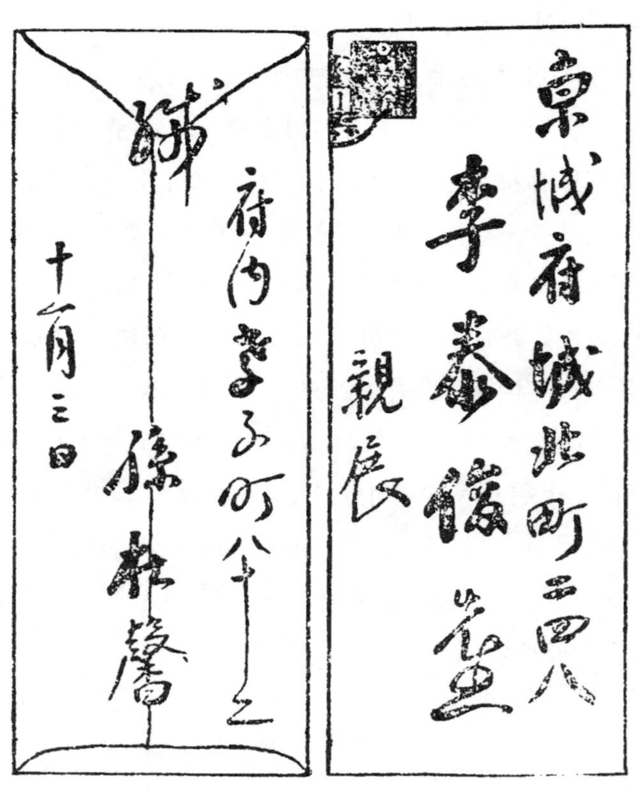

●양봉투

요즘 양봉투 열이 좀 식기는 했으나 그러나 청첩이나 연하장 같은 데는 절대로 필요하게 되었고 사신으로도 청년층에는 꾸준히 애용될 것이다.

수신인의 주소씨명을 전면에, 발신의 주소씨명을 후면에 쓰기는 보통 봉투와 마찬가지이나 특히, 양봉투도 상하가 있는 것을 잊어서는 안 된다. 봉구封口가 전면에서 볼 때는 좌편에, 후면에서 볼 때는 우편으로 가게 해야 한다. 즉 봉투를 왼손으로 들고 편지를 바른손으로 넣도록 되어야 한다.

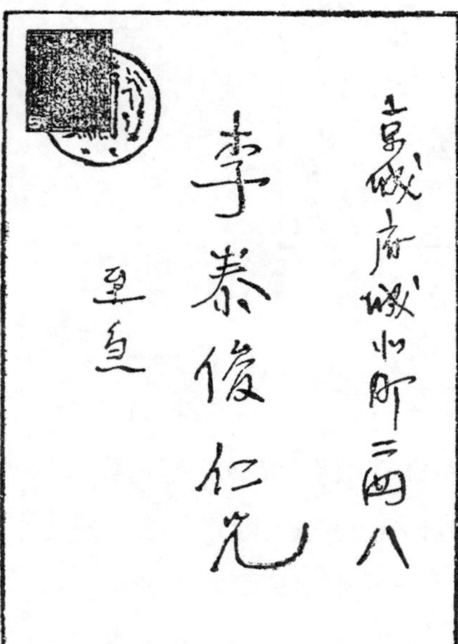

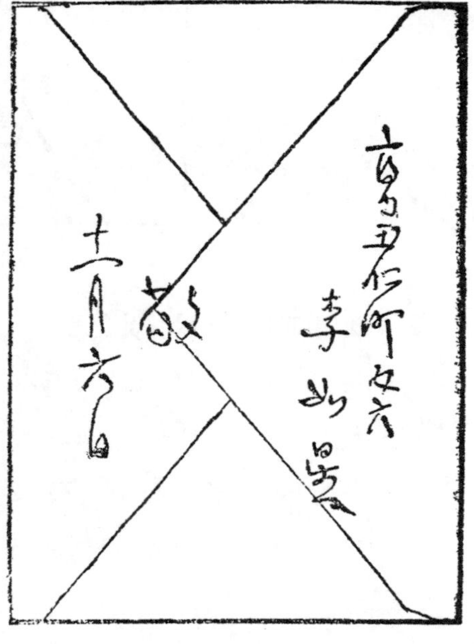

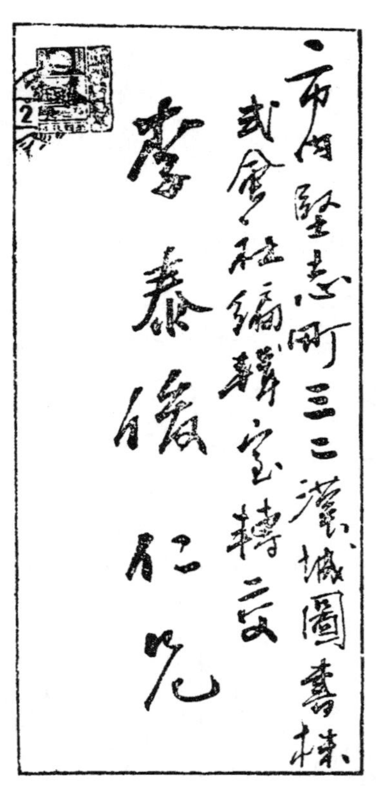
市內堅志町三二漢城圖書株
式會社編輯室轉交
李泰俊仁兄

● '전교轉交' 라는 것

수신인의 주소는 모르나 그가 잘 가는 곳을 안다든지, 그가 잘 만나는 사람을 안다면, 그곳, 그 사람을 간접間接으로 편지를 보낼 수가 있다. 무슨 사社 전교轉交 ××씨 전교轉交라 쓰는 것이다.

(다음 사진은 박종화씨로부터 필자에게 한도漢圖, 전교로 온 봉투)

4. 끝으로

편지의 요령을 대강 말해온 셈이나 여기 이르러 좀더 요약된, 좀더 인상적인 말을 골라 끝을 맺고 싶다.

1) 편지 받을 사람을 잠간이라도 생각해서 그와 지금 마조 앉은 듯한 기분부터 얻어가지고 붓을 들 것.
2) 쓰는 목적을 분명히 따지어 정작 할말을 빠트리기는커녕, 그 말에 역점을 둘 것.
3) 인사를 잊지 말 것.
4) 감정을 상치 않게 할 것. 마조 대해서 말을 할 때는 얼굴의 표정이 있어 말은 비록 날카롭드라도 표정으로 중화시킬 수가 있다. 그러나 글에는 표정이 따라가지 못한다. 그래 이쪽에선 그리 심한 말이 아닌 줄로 쓴 것도 저편에선 감정을 사는 수가 있다.
5) 저편을 움즉여 놓을 것. 문안편지라도 받는 쪽에서 무슨 자극이 있어야지 심상히, 그랬나보다 하고 접어던진다면 헛쓴 편지다. 더구나 무슨 청이 있어 한 편지인데 저쪽이 움즉이지 않는다면 그 편지는 완전히 실패다.
6) 자기 힘에 만만히 쓰라. 억지로 자기 정도 이상 훌륭히 쓰려다가 흔히 자기 정도 이하의 글을 만든다.

▶
1937. 강화도 전등사에서 문인들과 찍은 사진.
오른쪽에서 세번째 검은 양복 웃도리 입은이가 이태준.

명사실용서간선집

(名士實用書簡選集)

명사실용서간선집名士實用書簡選集

명사의 서간으로 책에 난 것을 더러 보면, 흔히 그 책을 위해 새삼스러이 붓을 든 것이라 명론탁설名論卓說은 많어도 일상생활에서 누구나 실제 편지로 참고 인용하기에는 부적不適하다. 여기 모은 것은, 이 책을 위해 청한 것은 하나도 없다. 모다 쓴 그분들이 실제로 필요해서 보낸 편지들을 모은 것이다. 한두 줄에 끄친 쪽지도 있고 간단한 엽서, 찬찬한 봉서, 공식청장들도 몇 가지 모았다. 이런 것이 실제에 있어선 더 아쉬울 줄 믿기 때문이다. 빌려주신 여러분께 특히 감사한다.

● 봉서부

웬일인지 혜함惠緘을 기다리고 있었던 모양입니다. 어느 때보다도 달라 요새는 한 장의 편지가 여간 반가운 것이 아닙니다. 그만큼 내內 생활이 어디 의지할 곳 없이 쓸쓸합니다.
문학의 말씀도 하였으나 제게는 문학보다 더 근본적인 생각이 요새 마음을 할퀴고 있습니다. 웬일인지 생애의 여간 심상한 일을 당한 것 같지는 않습니다. 날이 갈수록 공허감이 더욱 뼈를 깎습니다. 단순히 의지할 애정이 없어서만이 아니라 더 근본적인, 인간적인 괴롬이요 허무감인 듯합니다. 죽엄을 생각한다는 것이 극히 쉬운 노릇이 됐어요. 지금 생각 같아서는 언제나 그것을 종용從容히 대할 수 있을 것 같습니다.
불면증이 계속되고 식욕도 점점 줄어지면서 의기가 아조 조악해졌습니다. 이노우에 소노코井上園子의 연주를 들으려 전 토요일에 떠나랴고 벼르다가 갑자기 시들해져서 그만두었었습니다. 형의 말씀마따나 나이를 먹었을 뿐 아니라 마음이 아조 늙은 것 같습니다. 꿈의 한계가 점점 줄어가고 죄어감을 생각하면 서글픈 생각에 몸부림을 치고도 싶습니다. 앞으로의 반생이 얼마나 생광生光이 있겠습니까. 초조와 낙망이 계속되다가는 냉정한, 최후적인 절박감이 솟군합니다. 생애의 커다란 변환기라니보다 위기에 처해 있는 듯합니다.
문학의 프랜을 이것저것 세워보다가도 별안간 그것이 무의미하게 생각되면 그만 의기가 잦아들고 합니다. 물론 이런 심경이 차차 변해가기를 바라는 것이오나— 날이나 따뜻해지면 좀 나아질는지오. 극히 유물적인 인간의 일이오니 생활의 조건이 달라지면 괴롬도 또한 극복될는지는 모르겠사오나 이렇게 이렇게 막다르게까지 생각해본 적은 과거에는 없었던 것 같습니다. 이런 절박감이 얼른 한때의 악몽처럼 지나가기를 한편 은근히 기다리는 마음도 있습니다. 마지막 순간에 지내온 일생을 돌아다보고 참으로 만족해 하는 사람이 있을까마는 사람의 욕망같이 어느 때까지 창창하고 누추한 것이 없을 것입니다.

그저 이렇게 두서 없는 생각이 요새는 자꾸만 마음을 괴롭힙니다. 정 답답해지면 바람 쏘이려 언제나 올라가겠습니다. 적극적인 계획을 서로 말하면 얼마간 마음도 잡힐는지오. 안녕하세요.

2월 26일

이효석 배拜

유진오 인형仁兄

(이효석씨로부터 유진오씨에게 온 것)

요새 잡지소설을 탐독하노라니 심경이 조금씩 밝아가는 것 같습니다. 소설을 읽으면서 이것저것 다른 생활에 접하는 것이 역시 제일 즐거운 일 같습니다. 제작의 의욕도 차차 솟구요. 가이조改造의 「流るる時代」를 읽고 나서 그 작가 자신인 듯한 50대 작가의 생활이 우리에게는 도저히 바랄 수 없을 것 같은 부러운 생각이 듭니다. 그의 사생활도 부럽거니와 그가 하고 있는 예술적 번민이 웬일인지 일종 감미甘美한 면을 보이고 있습니다. 한 시대

전 이야기라서 그런지도 모르겠습니다만 오늘의 작가들의 처지와는 현격한 거리가 있습니다.

『문장 34인집』이 동이 나서 동무가 책을 빌려가고는 아직 안 가져와 형의 「마차」를 아직 못 읽었으나 아마도 만주 이야기 같아서 구미가 바짝 동했었습니다. 작품에 감동하고 안 하고는 둘째 문제요, 구미가 돌든 안 돌든 작가의 생활감각의 기호에서 오는 것인가 합니다. 그러나 「마차」는 어떤지 모르겠습니다만 「流るる時代」의 생활감각을 오늘에 있어서 구할 수도 쓸 수도 벌써 없을 듯합니다.

요 며칠 눈이 오고 춥다가 오늘부터 또 풀립니다. 쭉 이대로 따뜻하면 쉬 한번 서울 가겠습니다.(중략)

애정문제는 역시 새로운 순결한 애정이 좋을 것 같습니다. 묵은 애정의 권내圈內를 휘 둘러보아야 한 곳도 마음을 당기는 데가 없습니다. 한번 인연을 맺는다는 것이 평생의 중대문제인 듯도 하구려. 그런 정도로 유념해두세요. 만나서면 더 자세히 이야기할 수 있을 것 같습니다. 저이는 내주까지면 학년시험이 다 끝납니다. 귀교貴校는 언제께쯤부터 휴가되시는지오. 뵈올 때까지 안녕하세요.

3월 7일

이효석 배

유진오 학형

(이효석씨로부터 유진오씨에게 온 것)

꿈갈이 다녀온 후로 궁금하기 짝이 없던 차에 하서下書를 받자오니 반갑기 그지없습니다.

거문고를 시작하였다니, 호구糊口에 골몰하는 저로서는 이런 기별을 듣기만 하기에도 마음이 시쳐지는 듯하오나, 시름은 잊어지지 않으신다니 광진光塵이 일반인가 하오이다.

선생이 영광靈光 다녀가신 지가 45년 되나봅니다. 오신 지도 오래고 저도 7, 8월쯤은 겨를이 있겠사오니 방학 때에 꼭 다녀가시기를 바랍니다. 하서를 받자옵고 해인海人, 도동道東, 다산多山 제씨에게 사뢨더니 반가워하시며 기다리신다고 하십니다. 저도 틈을 내서 여행을 좀 할까 하오니 코오쓰는 뵙고 상의키로 하옵고 우선 영광으로 먼저 나려오시기를 바랍니다.

춘간春間에 올라갔을 때에는 공교하게도 뵙지 못했습니다마는 한 38분 동안 혼자 앉었다 왔어도 선생을 대하야 모든 이야기를 다하고 온 듯합니다. 실상 배면하와도 우러러뵈올 뿐, 어디 할 말씀이 있든가요! 사람의 기쁨 가운데, 만나고 싶은 사람을 만나는 것 우에 더 큰 것이 없으리다마는 실상 정다운 친구라고 해서 서로 만나는 것이 일생을 통하여 몇 번이 되지 못하고 슬쩍들 헤지고 마나 봅디다. 힘자라는 대로 서로 만나도록 노력할 것이라고 생각합니다. 혹 남영군이 하기夏期에 귀향할는지 그와도 서로 만났으면 좋겠습니다.

7월 1일

조 운

(조운씨로부터 이병기씨에게 온 것)

이번에는 여러 가지로 고비高庇*를 입사와 감사하오며 더욱 만선일보滿鮮日報의 종자種子에 대하여 혜낙惠諾을 쾌시快施하신 것은 재만동포在滿同抱 전체에 생색이 크오며 정부급及홍보협회에 대하야 만장萬丈의 기염을 토할 만함을 생각하면 귀하에게 치하致賀도 하려니와 자고自顧하여 만족을 견디지 못합니다. 작일에는 소작小酌으로써 고회高誨*를 청할까 하였더니 마침 풍악楓岳의 행을 하셔서 미과未果하고 금일 신경新京으로 귀거하옵는바 행리공총行李倥偬*하여 면사面辭치 못하오니 서량恕諒하시옵소서. 금후로 여러 가지로 후념厚念을 입기 감걸敢乞*하오며 약차불비례略此不備禮*

10월 17일

최남선 재배

(최남선씨로부터 노성석씨에게 온 것)

노성석형

『사랑』 나온 것 보았습니다. 목록의 폐지 수는 온통 틀렸삽고

---

* 고비(高庇) : '비(庇)'는 혜택을 입는 일, '고비'는 어른의 은혜.
* 고회(高誨) : 높은 어른의 가르침.
* 행리공총(行李倥傯) : 행리=행장(行裝), 공총=이것저것 일이 많아 바쁘다.
* 감걸(敢乞) : 감히 바란다는 뜻.
* 약차불비례(略此不備禮) : '약차'는 이것으로 줄인다는 뜻. '불비례'는 예를 갖추지 못함을 이르는 말.

오자誤字도 더러 있는 모양이오나 조선출판물로서는 교정 엄밀하기로 기록적일까 하옵니다. 인지 보내드립니다. 진정進呈은 형의 재량대로 하시기 바랍니다. 고료는 만족하오며 감사하옵니다.

형의 성업聖業 창성 하시기를 비옵니다.

10월 22일

제弟 이광수 배

(이광수씨로부터 노성석씨에게 온 것)

일간 안녕하십니까. 소생 그날 무사히 귀양했습니다. 오늘에야 겨우 맑은 정신을 차리고 있습니다. 곰곰이 생각해보니 오형께 끼쳐드린 폐가 이루 한두 가지가 아님을 깨닫고 놀라고 있습니다. 살뜰히 접해주신 혜려와 환대를 깊이 감명하겠습니다. 외람한 앙청仰請까지를 드려 선선히 응낙까지 해주신 것은 무어라 감사의 말이 없습니다. 관대하신 아량을 경모敬慕합니다. 경영하시는 사업을 이제야 자세히 배관拜觀하고 문화사업에 대한 그 치밀한 계획과 양심적인 자량에 깊이 감동했습니다. 소생 등 미성微誠으로나 흔연欣然 귀업에 첨가하여 한줌의 힘이라도 가加해드리고 싶은 생각이 솟습니다. 다만 힘 없음을 자탄앙괴自嘆仰愧할 뿐입니다.

아마 오형도 오늘쯤에야 피곤이 풀리셨겠습니다. 생각할수록 도

도한 감흥이었습니다. 거듭 사례합니다.
예例의 것은 일간 교시하실 것으로 배측拜測하오며 내양來壤의 시일을 아울러 기다리겠습니다. 명일부터 학교가 시작되옵니다. 내내 안녕하시기 앙기仰祈하오며 앞으로는 비장秘藏해가지고 계신 전적典籍 등에 관해서도 필요에 따라 은혜 입고저 하옵니다.
총총 난필亂筆로 실례하옵니다.

이효석 배

노성석 학형궤하學兄机下

(이효석씨로부터 노성석씨에게 온 것)

오래간만입니다.
여러 가지로 다망하실 줄 믿습니다. 제弟 건강이 좋지 못해서 석왕사에 갔다가 작일에야 귀성했습니다. 졸작 『초향草鄕』을 출판해주셔서 고맙게 생각하오며 불원간 책이 되어 나올 것을 기다리고 있습니다. 한번 상경해볼 생각이오나 다망한 관계로 어찌 될지 모르겠습니다. 최영주씨께 각폭各幅치 못하오나 잘 전성傳聲해주십시오

3월 18일

한설야

(한설야씨로부터 노성석씨에게 온 것)

먼곳에

오셨다 허행하신 일 미안하고 답장 지체 되온 것도 미안합니다.

말씀하신 것은 부탁 다시하시기 기다릴 것이 아니오나 임시 부서라고 정하온 것을 턱없이 제맘대로 허칠 길이 없고 또 아조 어수선한 사정이 많어 적확한 대답을 못합니다. 그분 같은 붓 가진 이를 맞어오는 것은 사를 위하여 다행이나 아직 형편 그러하옵고 그분 역 급한 사정은 없으신 터이니 좀 기다려 보세요. 제가 두고 두고 힘은 쓰오리다.

22일

제弟 명희命憙 배

날새

어떠하십니까

『앙엽기盎葉記』는 한남서림에 나와 있습니다. 전부 8권 4책의 사본寫本인데 자체가 해정楷正하고 장황粧潢*도 고아하온바, 그 가격은 꽤 높습니다. 매책 10원, 40원을 주어야 하겠습니다. 만일 사람을 시켜 첨초瞻抄를 한다면 그만한 비용이 들겠지요. 작만해 두신 의향이 계시거든 말씀하셔요. 그 중 8장사壯士 이야기는 좌우간 얻어볼 수 있습니다.

---

* 장황(粧潢) : 책의 장정, 제본, 표구 상태.

11월 25일

제弟 이병기

(이병기씨로부터 박종화씨에게 온 것)

조월 阻闊*의 여餘에

타운朶雲*이 홀봉忽捧*하와

근지만배近祉萬拜*하시고 어떠한 경우에서고 한결같이 사회문화를 위하여 진췌盡瘁*하심 아오니 흔위몰량欣慰沒量*입니다. 제弟는 열상劣狀*이 앙흔仰洄*할 것 없사오며 하명하신 일은 마땅히 봉배불회奉拜不晦*할 바이로되 근간에는 교무校務가 공총倥傯*을 극極하와 따로 가극暇隙을 얻기 만난萬難하옵기 모송배사冒悚拜辭치 아니치 못함을 자탄합니다. 다행히 해서海恕를 비옵고 약차불비사상略此不備謝上*

4월 12일

최남선 재배

(최남선씨로부터 방응모씨에게 온 것)

오래 막혀 있던 중
부친 글이 홀연히 이르오니
기쁜 마음 그지없사오며 어떠한 경우에도 한결같이 사회문화를
위하여 온 힘을 다하시오니 마음 든든하기 한량이 없습니다.
아우는 용열한 모양이 그저 그러하오니 염려하실 없사오며 주신
말씀은 마땅히 받들어야 할것이로되 근간에는 교무가 매우 바빠

따로 겨를 얻기 아주 어려워 죄송함을 무릅쓰고 그러지 못하게
됨을 스스로 탄식합니다.
다행히 바다 같은 마음으로 용서가 있기를 비옵고
이것으로 이만 그칩니다.

(풀이 : 김용직)

제번하옵고

그간 가고家故가 있사와 하명下命에 봉답奉答지 못할까 두렵사옵더니 다행 금일 소가小暇를 얻어 명일 오후나 늦어도 재명일 오전까지는 「학생론學生論」을 보내올까 합니다. 늦어 죄송합니다. 우선 이만.

임 제弟

(임화씨로부터 이갑섭씨에게 온 것)

---

* 조궐(阻闕) : 오래 안부를 전하지 못함. 글이 막힘.
* 타운(朶雲) : 남의 글. 편지.
* 홀봉(忽捧) : 뜻밖에 받들게 된것.
* 근지만배(近祉萬拜) : '지(祉)' 는 복. 요즘의 복이 가득하시고의 뜻.
* 진췌(盡瘁) : 노력을 다함.
* 흔위몰량(欣慰沒量) : 흔쾌하게 위로를 받음이 한량 없음.
* 열상(劣狀) : 용렬한 모양. 자신을 낮추어 말함.
* 앙흔(仰溷) : '흔(溷)' 은 걱정. 여기서는 염려 놓으시라는 뜻.
* 불회(不晦) : '회(晦)' 는 감출 회. 따라서 '봉배불회' 는 어른에게 나가 가르침을 받다의 뜻.
* 공총(倥傯) : 겨를이 없음. 매우 바쁨.
* 모송배사(冒悚拜辭) : 죄송함을 무릅쓰고 사양함.
* 약차불비사상(略此不備謝上) : 이것으로 줄이옵고 사죄 말씀 다하지 못합니다.

오래 막혔습니다. 일간 사무는 분망하지 않습니까. 근래 영도사永導寺 추색秋色 만끽하실 일 멀리서 염선艷羨*할 따름입니다. 차거 ×××군은 본래 제弟와 친하게 지내었을뿐만 아니라 일찍부터 문학을 전공해 거의 오묘한 경지에 이르러 일찍 조선일보에 신작을 발표한 후 『문장』지에 추천된 일도 있고 귀보貴報에도 수차 발표했는데 본래 형을 경앙景仰한 바 있어 지도와 훈도를 받고저 하던 터인데 금번 학교를 졸업하고 문학적 수도를 떠나는데 특히 선배의 교도를 바람으로 소개하오니 만나보시고
형의 아우이며 제의 아우와 같이 사랑하고 지도해주시기 바랍니다. 그러면 면오面晤*에 다하겠으며 이만 끄칩니다.

11일

이제李弟 원조 배

(이원조씨로부터 백철씨에게 온 것)

근계謹啓 금조今朝 병상病床에서 오형吾兄의 보내주신 『삼천리』 4월 특별호를 받들고 진주나 다른 보석을 애지중지하는 것처럼 한 페지 한 페지를 어루만지며 읽었습니다. 송만갑씨 애도에 대한 이기세씨의 일문과 제씨의 조시를 읽으면서는 시름없는 눈물을 흘렸

---

* 염선(艷羨) : 부러워함.
* 면오(面晤) : '오(晤)'는 만나는 것, 면오는 서로 마주 대하는 것.

습니다. 우리의 마음 자체인 가요가 우리에게 얼마나 지중지귀한 가는 더 말할 것도 없거니와 사계斯界의 장로인 정정렬씨가 전년에 타계하고 비록 최고령이라 하나 금년에 이르러 '대어소大御所'가 장서長逝하심은 오불복몽견주공悟不復夢見周公이 될까봐서 애수 이상의 마음에 저리는 적요를 느껴 마지아니합니다.
삼가 송명창 대인의 명복을 비는 동시에 사계의 후계자가 많이 나오시기만 기도합니다. 제弟는 2개월 이상의 병원생활을 마치고 일간 신경新京으로 돌아가서 5월 초순에 구라파로 가겠습니다. 귀지의 한없는 발전과 오형의 건강을 비는 동시에 다시 후정厚情을 심사深謝합니다.
병상에 고독히 누워 있다가 명성 『삼천리』를 받들고 감격의 나머지 오형의 후정厚情을 충심으로 감사하는 바입니다.

3월 29일

박석윤 배

김동환 사형詞兄 아감雅鑑

• **재신再伸**

월전月前 제弟가 구라파 가게 됨에 축의를 표하여 주심 감사하오며 병석에 있는 까닭에 변변히 인사드리지 못한 데 대하야 관서寬恕하심 앙망합니다.

(박석윤씨로부터 김동환씨에게 온 것)

제번하옵고

이번 일요일에 한가하시거든 시간을 내시와 제 집에서 윷놀이를 하심이 어떠하실까 하고 여쭙니다. 소찬이나 저녁을 같이하셨으면 합니다. 그러나 목적은 윷에 있사옵고 식사에 있지 않으오니 좋은 음식은 또 다음 기회로 목적하겠습니다.

최여사와 함께 오후 3시쯤 왕림해주심 바랍니다. 오시고 안 오시는 것은 내일까지 알려주셨으면 합니다. 이만.

모윤숙 드림

(모윤숙씨로부터 김동환씨에게 온 것)

아무래도 선생의 소화불량증이 걱정됩니다.

몸이 쇠약하시느라고 그러는 것이나 아닐는지요. 여기 보내드리는 크레오소-트를 한 번에 다섯 알씩 매 식후에 잡숴보십시오. 지원병훈련소생들이 사용하는 바로 그 약인데 듣는 사람은 아조 잘 들어 몸이 나는 일도 있다고 우리 오빠가 그리셨습니다.

이것으로 안 되시면 약국에 가시어 피마자유를 얼른 한 화분을 달라시어 저녁 진지를 잡숫지 마시고 그걸 죄다 한꺼번에 잡수십시오. 참 잡숫기 고약할 것입니다. 입을 쩍 벌리신 다음, 고개를 뒤로 제치시고 병을 들어부어 넣는데 아조 오오래 하세야 합니다. 다 나은줄 알았는데 아직 남아 있군 하는 게 그놈의 것입니다. 여러 번 넘기긴 매우 어려울 것이오니 두 번에 다 넘기시게 해야 합니다. 이제 봄철이 오고 보면 위가 잘못하면 말썽을 부리게 할지 모르오니 부디 힘들더라도 이대로 하십시오. 피마자유를 잡수시면 약 4, 5시간 내로 설사가 납니다. 그런 후에는 시장하실 테니 죽을 잡수십시오. 이튿날 아침도 죽을 잡수시고 사社에 나오셔서 점심은 빵을 수우프로 하십시오. 꼭 백합원에 가셔서 잡숴야합니다. 그담에 저녁부터는 진지를 잡숫되 분량을 적게 하시고 술은 절대로 마십시오. 어쨌든 크레오소-트를 하루 사용해 보시고 안 듣거든 꼭 제가 하라는 대로 해보십시오.

최정희 배

김동환 선생

(최정희씨로부터 김동환씨에게 온 것)

파인 형.

『해당화』를 받는 즉시로 이 글을 쓰오. 요 얼마 전에 마누라하고 같이 춘원댁에 놀러간 일이 있었소. 갔더니 안두案頭에 이 『해당화』가 놓여 있구려! 다른 저서는 몰라도 이런 책은 나에게도 한 벌 옴즉하건만…… 하고 속으로 생각하는 바로 그 순간에 곁에 앉았던 마누라가, 당신한테는 웨 아니오? 하고 당연히 올 것이 안온 것을 캐어묻는 어조였소. 나는 그만 마누라가 부끄러웠소. 그리고 몹시 쓸쓸했었소.

이런 사건이 있은 뒤라 오늘 받은 이 『해당화』가 무척 반가웠소.

물론 마누라에게 한마디했소. 이해타산이 없이 맺어진 우의友誼란, 더구나 궁교窮交란 그렇게 쉽게 식어버리는 것이 아님을 이 책이 증명해주었소.

『대동아』도 물론 받았소.

우리집 뜰에 해당화가 있소. 한창 피기 시작하오. 한번 오시오. 아침결에 와야 뜰앞 구경이 좋겠소. 농사 지은 성적이나 보아주시오. 지금도 닭의 우리를 짓다가 이 붓을 들었소.

5월 20일

소오小梧 제弟

(설의식씨로부터 김동환씨에게 온 것)

형님.

하 오래간만이옵기에 사죄의 말씀도 잘 생각나지 아니하옵니다. 지금 은 아이들을 다리고 얼음을 지친다고 나갔삽고 공장은 휴일이옵기에 일 없는 이 틈에 근황을 몇 자 사뢰겠나이다.

최근 거의 한 반서생半書生의 생활을 회복했습니다. 하루에 몇 시간씩 근근히 사들인 『24사』를 뒤적여보기도 하옵니다. 2층 빈 두칸방에 테블을 들이고 침상을 들이고 해서 헤설푸지만 그래도 나이롱 정도의 서재 하나를 장만한 지도 한 달이 넘었습니다. 벽에는 여기 와서 만들기 시작한 6국 이후의 연표가 한무제에 그쳐 있습니다. 선대仙臺서 빈손으로 와서 집은 그냥 선대서 동면冬眠

을 하고 있삽기에 거의 황지개척荒地開拓의 느낌이 없지 않습니다. 그동안 몇 권 청대문인의 전집과 의서醫書 수 종을 모으기는 했습니다만 한 줄도 읽지는 못했습니다. 이제 며칠 기다려 이 방에 스팀이 올라오기만 하면 겨울 긴밤에는 꽤 비미肥味한 정신양양이 섭취되겠습니다.

일상생활은 소강상태라 할 수 있습니다. 만인주자滿人廚子가 끼마다 해주는 기름진 요리에는 아직 실증이 나지 아니했습니다. 종이 뜨고 남는 증기로는 3분 만하면 목욕통에 끓는 물이 넘칩니다. 비록 타일은 깔지 못했지만 연기 안 마시는 편안한 목욕을 매일 즐길 수가 있습니다.

한발 공장 안에만 들어서면 저는 한 공장주인 동시에 또 '고력苦力'의 하나가 됩니다. 작업복을 입고 종이를 뜬다고 한 장 뜨고 허리를 펴고 두 장 뜨고 팔을 주무른답니다. 이런 날 밤에는 한잔 백건白乾의 훗훗한 흥분에 영순이가 비웃는 잠꼬대도 해보았습니다. 이러한 지나간 석 달은 제게는 좋은 체험이었습니다. 내 손으로 할 수 있는 생산의 기쁨, 숙면이 주는 건강의 기쁨, 새벽 4시에 얼음처럼 찬 물속에서 작업하는 단련의 기쁨, 이러다가 자전차나 훽 잡아타고 아무도 아는 사람이 없는 거리를 휘돌러 책권冊卷이나 사들고 들어오는 때의 생활의 기쁨, 잊을 수 없는 수많은 생활의 기억을 혼자 만들고 있습니다. 그 중에도 제일 어려운 공부는 40명 직공을 통제하는 일과 서투른 여깃말로 빗쟁이들 감정 상하지 않게 돌려보내는 일이옵니다. 전자는 곧 정치요 후자는 또 외교이오니 이야말로 일신에 수화상침水火相浸이옵니다. 그 덕에 수하사람에게는 제법 성을 내어보는 고약한 버릇도 생기옵고, 반면에 거의 잊었던 중어中語가 6, 7분 회복되는 부수확도 있습니다. 이제는 한 시간가량 계속해 지껄여도 그다지 막히지 않는 이 중어中語의 소득이 타일他日다 잊어버린 불어와 잊기 시작한 영어의 대상이 되리라고는 아직 생각하지 아니하옵니다. 사무실에는 제법 한문을 하는 지나支那인도 두어 사람 있습니다. 만인滿人 직공도 몇명 있습니다. 이 외에도 이야기가 많사오나 후일 뵈옵는 때에 한담으로 미루고 오늘은 여기서 붓을 놓습니다. 내내 평안하옵소서.

11월 26일

일출 국궁鞠躬

(김일출씨로부터 이여성씨에게 온 것)

최선생님.

언젠가 원산 여사旅舍에서 만나뵈온 후 글이라고는 처음으로 올리게 되었습니다. '지맥地脈' 또 이달엔 '인맥人脈'을 발표하셔서 여자의 일원으로 마음 듬직함을 깨달습니다.

『여성』지에 "글 쓴다는 것부터가 팔자 사나운 일인데" 하셨습지오. 허나, 팔자 사납잖고 뒹굴며 소위 행복스럽게 살다 죽는 것보다 운명의 역류를 넘어타고 예술도에 정진하여 자아신장에 노력하는 일이 더 고귀한 일이 아니겠습니까. 끝까지 빛나는 작품을 써주시기 바랍니다. 실력 발휘가 곧 운명타개도 되고 승리도 될 것입니다.

저는 아무것도 아닌, 부엌데기로 그저 좋은 작품을 읽는 것만으로 생명의 웃음을 삼아야지요.

언제 여기 한번 안 오시렵니까.

정자양은 어디 있습니까.

건강을 비옵고, 글 많이 쓰시기 바랍니다. 시간 계신 대로 편지 주십시오. 이야기 동무가 없어 갑갑하답니다.

4월 2일

임옥인 배

(임옥인씨로부터 최정희씨에게 온 것)

석경형

실로 슬픈 소식이외다. 얼마나 애상에 잠겨 계십니까. 근자에는 심신에서 사라져가는 청춘의 잔흔이 한없이 노여웁더니 이제 친우들의 신상에도 인생의 삭막한 잔행殘行이 떨어지니 오직 실의를 거듭할 뿐이외다. 부디 자중하셔서 건강을 덜치 않도록 하소서. 아마도 생은 도회의 생활을 지탱해갈 수 없어 낙향할 듯하외다. 유붕자원방래有朋自願方來 불역낙호不亦樂乎의 심경도 불원에 알듯하외다. 연말에는 일차 상경배진위계上京拜進爲計외다.

12월 2일

편석촌 제

(김기림씨로부터 이갑섭씨에게 온 것)

*

여름에 뵈옵고는 오래 소식 못 들었습니다. 날이 본격적으로 추워가는데 안녕들 하시온지, 일전엔가 측문仄聞하오니 영윤令胤을 잃으셨다는데 정말이온지, 얼마나 아프게 마음을 상하셨겠습니까. 저도 봄에 안해를 잃은 후, 여름에는 또 시골 보낸 끝에 어린 것을 잃어버려 두 겹의 불행으로 올 일 년은 산 자미 없었습니다. 그저 체관諦觀하는 수밖엔 아무 도리가 없었음을 알았습니다. 불행을 당하는 건 나 하나만이 아니라는 것을 생각하면 조금 위안이 됩니다. 과히 상심마시고 속히 딴 데로 생각을 돌리시는 것이 제일 수입니다.

『국민문학』은 아마 보내셨겠지만, 배접拜接치 못하고 따루 구해서 읽기는 했습니다. 처음이라 편집에 고생하셨을 것을 추측하오며 좌담회 기록은 반독返讀했더니 국민문학이라는 것을 모두들 너머 협의로 취한 것 같습니다. 좀더 넓은 의미로, 따라서 실제 창작에 있어서도 관대하게 보는 것이 그 진의일 듯한데 모다 조급하게 국한된 부분에만 안목을 둔 것 같어요. 창작란은 필자를 조선서만

구한다면 아무래도 설피게 될 것 같습니다. 더욱 충실해질 다음호를 기다리겠습니다. 잡지는 안 보내셨다면 차라리 다행인 것이, 지금 들어 있는 기림리 집에서는 우편물이 자꾸만 분실이 됩니다. 고료도 아직 안 부치셨거든 학교로 보내주시기 바랍니다.

내내 평안하시기 바랍니다.

11월 29일

이효석 배

(이효석씨로부터 최재석씨에게 온 것)

날씨 매우 추워졌습니다.

전번, 시 한편 줍시사고 간절히 여쭈었으나 아직 아무런 기별이 없으시니 참 무안스럽습니다. 벌써 '시메끼리'(마감)가 지났는데도 선생님 시를 눈이 빠지게 기다리오니 구고舊稿 중에서라도 한편만 보내주십쇼. 정 안 주시면 제가 불가불 떼쓰러 가는 수밖에 없지 않습니까?

즉일 이선희

(이선희씨로부터 박종화씨에에 온 것)

월탄 형님 앞에

형님! 처음부터 형님이라 부르겠습니다. 설설屑屑한 형식이고 예식이고 아우는 찾지 않으려합니다. 속힘없이 마음에서 우러나오는 그대로 형님이라 부르겠습니다.
형님! 평일에 경모하던 형님을 뵈옴도 아우의 자랑이고 기쁨이려니와 또다시 형님의 사랑이 가득한 글월을 뵈오니 그 자랑이야, 기쁨이야 무엇으로 형용하겠습니까.
형님의 글월로 그 잡지에 대한 형님의 처지와 아우의 그것이 꼭 같은 것을 알았습니다. 또 생각도 일치된 것을 알았습니다. 그날 아우가 발행소를 고치자 한 것은 그렇게 모였다가 그냥 헤어지는 것도 무엇하고 돈을 들여가며 잡지를 경영해 보겠다는 최군의 뜻이 기특할뿐더러 더구나 형님도 계시고 춘성도 있기 때문에 그럭저럭 되어갈 듯싶어 그런 것입니다. 그것저것이 다 틀리고 보면 아우도 물론 탈퇴하겠습니다.
형님! 시간이 좀 바빠 길게 적을 수 없습니다. 일간 한번 찾아가 뵈옵고 많은 가르침을 듣고저합니다.

7월 5일

아우 빙허 올림

(백조시대, 현진건씨로부터 박종화씨에게 온 것)

산만刪蔓*

어제는 총총하였습니다.

또 교정을 보냅니다. 수고로우시나 보아주셔야겠습니다.

어제 주신 것은 다시 보시지 않아도 보신 대로 교료校了가 될 수 있습니다. 혜량하여 주시옵소서.

최영주 배

(최영주씨로부터 박종화씨에게 온 것)

날사이도 옥체도玉體度 금안錦安하십기 앙축합니다. 전일 앙청한 수필 「생선과 채소」는 고대하옵다가 이번달을 지내보냈습니다. 다음달 책에는 들어가도록 부디 써보내주시옵기 복망伏望하옵니다. 그리고 또 별지와 같이 「신여성 편지틀」을 시작하옵는데 먼저 선생님께 두 가지 제목으로 앙청하옵니다. 바쁘시고 또 이런 글을 쓰시기 대단 좋아하시지 않으시는줄 잘 아옵니다만 선생께서 사양하시고 피하시면 후진後進 후배後輩는 어떻게 하겠습니까. 외람한 말씀 과히 허물하시지 말으시고 부디 『여성』을 돌보시기 바라옵니다.

5월 7일

백석 배

(백석씨로부터 박종화씨에게 온 것)

---

* 산만(刪曼) : 刪蔓의 오기. 인사는 생략하고 바로 할 말로 들어가겠다는 뜻으로, 편지 첫머리에 쓰는 말. 제번(除煩).

월탄 형
과세 안녕히 하셨습니까. 애써주신 『삼천리문학』이 발간되었기 일부一部 진정進呈하오니 소람笑覽하시오며 다만 시고詩稿에 있어, 자구字句 수절數節 변개變改된 것이 있음을 해량海諒하여 주시옵소서. 부득이한 사정이었사오니 그만일 참아주소서. 2월호를 위하와도 좋은 글월 주시기를 바라나이다.

1월 9일

김동환

(김동환씨로부터 박종화씨에게 온 것)

요사이 봄날 바야흐로 깊사온대
귀체 만안하시고 댁내 제절諸節이 균온均穩하시온지 궁금합니다. 전년 동경서 뵈온 후 일차 배알치 못하와 죄송 천만이오며 무심한 제弟를 널리 용서하시기 바랍니다.
하양이래下壤以來에 금춘이 벌써 10년이 되었습니다. 하온 일도 없고 더구나 수차 상경코저 선배제우에게 괴로움만 끼쳐, 생각하면 참으로 냉한冷汗을 느끼는 터이옵니다.
서형도 안녕하시올듯, 안부 전하여 주십시오.
다름아니와 오늘 붓을 듦은 선생께 한가지 부탁하올 일이 생겨서입니다. 제弟의 매종으로 금년에 일대日大 예술과를 나온 ×××군이 5월 11일에 결혼을 하옵는바 주례를 ×××씨에게 받고 싶다 합니다. 이씨께는 저도 안면은 있사오나 편지로 청하기는 예가 아닐 것 같사와 선생께 부끄럼을 무릅쓰고 부탁합니다. 바쁘신 줄 아오나 틈을 내시어 주선해주시기 바랍니다. 아마 당자 ×××군이 이 일로 쉬 선생 댁을 찾을 것입니다. 충실한 청년이오니 인견하시고 잘 지도해주시기 바랍니다. 관외關外에 떨어져 있고 보니 창연愴然할 적 가끔 있습니다. 턱없는 감상벽도 풀 곳 없으니 아마 운명인듯 여겨집니다. 체관이 필요할까요.

간간 혜교惠敎 주심 바라옵고 총총 이만 끄칩니다.

4월 26일

이승녕

(이숭녕씨로부터 이희승씨에게 온 것)

월탄 선생

발에 찜질을 하신다드니 인제는 아조 나었습니까. 전번에 말씀하셨다는 사육신묘행을 그래 일요일에 단행하시겠습니까. 어쨌든 발이 아조 나셔야하겠지오.

여러분이 다들 가서 뵙지 못하고 죄송스럽다고 말씀합니다.

이 편지 답장 주십시오.

조용만

(조용만씨로부터 박종화씨에게 온 것)

불원 방학이겠지? 양행은 어찌 되었나? 소식 알려주게. 한번 하양下壤할 동향 없나? 일도一島 혹 만나나? 경성은 수해가 부소운不少云하니 댁은 혹 피해나 없나?

7월 14일

황오 배

(황오씨로부터 김상용씨에게 온 것)

그새 문안 올리지 못하여 실례했습니다. 얼마나 분망하십니까? 그런데 김사량군을 통하여 말씀하신 고 이효석의 유고는 아직 추리지 못하고 있던바 금명 일중日中 정리할까 합니다. 유고로 발표하여 어엿할 작품이 있을는지 아직 모르겠사오나 하여간 2, 3편 골라서 송부하겠사오니 하량하시기 바랍니다.

7월호쯤으로 이효석씨 추도호를 갖었으면 하는 생각이 있습니다만 귀지의 형편이 어떠하신지요?

귀체 더욱 청안하시기를 빌며

5월 29일

김영석

(김영석씨로부터 이근영씨에게 온 것)

이극노 선생

그동안 안녕하십니까. 일전에 말씀 여쭌 눌언訥言 교정사업을 뜻하는 정유택군을 소개하오니 잘 지도하여 주소서.

9월 18일

조헌영

(조헌영씨로부터 이극노씨에게 온 것)

이태준 선생

오랫동안 문안조차 드리지 못하와 죄송합니다. 관서하십 비오며 형체만중하시며 댁내도 균녕均寧하실줄 믿습니다.

다름아니와 신경에 있는 만주국의 권위 있는 문화단체 '만일滿日문화협회'의 사에구사 아사시로三枝朝四郎 씨가 조선 아악을 연구차 부선赴鮮하옵는데 제弟 보고 조선상류, 혹은 중류가정의 가정생활과 및 가야금 등 가정악기를 보게 적당한 분에게 소개하여 달라고 청하와 선생에게 폐를 끼치고저 이 붓을 들었습니다. 분망하신 중 시끄러운 일이오나 조만문화교류상 좋은 일이라 생각하여 주시옵고 특히 수고하여 주시기 바랍니다.

이 편지를 가지고 가는 분이 사에구사 씨이오니 그 외에도 조선민간문화 일반에 대하여서도 좋은 인상을 갖도록 잘 좀 설명해주시기 바랍니다. 총망중 숫자로 실례합니다.

12월 17일

제弟 박팔양 재배

(박팔양씨로부터 필자에게 온 것)

상심루 주인선생

녹혈鹿血에 기르신 장기壯氣를 펼 곳이 없으실 듯하여 산행담도 배청할 겸, 작추 경주행 일당이 저녁이나 같이할까 하니 작일 오후 4시 반경 본정 강호천으로 내가來駕해 주시면 감사하겠습니다.

임오 정월 17일

파坡 제弟 배拜

(김상용씨로부터 필자에게 온 것)

일전에 전화로 약속하온 것은 총망중 실념되와 이제야 보내드리오니 대단 미안합니다.

이효석 형의 편지는 적어도 5, 60통은 되는가 했더니 막상 꺼내어 보니 불과 15, 6통입니다. 성질이 원래 무심해서 간직해두지 않은 탓입니다. 그 중에서 두 통 골라 보냅니다. 하나는 작년 조춘 상배喪配 직후에 한 것이고 하나는 그 조금 뒤에 온 것입니다. 그때 그때의 심경이 여실히 나타난 것이 흥미있습니다.

보신 후 돌려보내주시기 바랍니다.

6월 14일

유진오

(유진오씨로부터 필자에게 온 것)

이선생님

늦어서 죄송합니다. 더러 참고되실는지오. 원문은 부디 두었다 돌려주시기 바랍니다. 선생님의 청이시길래 드리는 것이랍니다.

늘 안녕하시옵소서.

최정희 배

(최정희씨로부터 필자에게 온 것)

이인李仁 형

일전 혜함惠函 감사합니다. 곧 그렇게 했습니다.

어제 『역군은亦君恩』이란 책 한권 보냈습니다. 이런 것을 어떻게 보십니까. 우선 너덧 분에게만 보내봤습니다. 오랫동안 격조했던 인사를 겸해서 동무들에게 보낼까 하고 300부를 만들었습니다.

1월 30일

해송

(마해송씨로부터 필자에게 온 것)

상심루賞心樓 주인 연탑하硏榻下*

보내주신 제2의 단편집 『가마귀』는 침을 흘려가며 읽었습니다. 내용, 체재, 장정, 이만하면 외국사람 앞에 내놓는다 해도 과히

* 연탑하(硏榻下) : 선비의 책상 앞.

부끄럽지 않을 것입니다. 『가마귀』『가마귀』 곧 시인가 합니다. 산문도 이쯤 주옥이 되면 시와 산문을 구별할 필요가 없을 줄 압니다. 얼마나 기쁘시오. 새로히 단장된 밉지 않은 장정을 대할 때, 그것은 마치 귀여운 둘째아들의 돌맞이잔치보다 못지 않으시리다. 삼가 두어 자로써 축복을 올립니다.

정축 8월 26일 조朝

제 월탄月灘 배

(박종화씨로부터 필자에게 온 것)

상허 대형께

그간 안녕하십니까

저번에 축전 치려다가, 무어 새삼스럽구 해서 그만두었습니다.

오늘 모던일본사에서 형의 저작출판에 후기를 쓰라고 하오므로 쓰기로 했습니다. 형의 저작을 그릇 전하지나 않을까고 조심되옵니다.

취백就白* 동봉한 최군의 편지 읽어주옵소서. 이렇게 겸손하고 이렇게 아름다운 심경을 가진 작가가 어디 있겠습니까. 참 귀하고 거룩하지 않습니까. 하온데, 제弟가 서울 있으면야 힘쓰겠사온데 이건 아마도 형의 적극적 후원이 있어야겠습니다. 최군을 발견하

* 취백(就白) : 취복백(就伏白)과 같은 말.

기는 형이 맨 처음이고, 또 키웠고 했사오니 잘 아시겠죠만 최군의 예술은 독특한 문장과 작품 세계를 가졌삽고 제가 동경 있으니 말입니다만, 이만한 역량을 가진 신인은 여긴 없습니다. 만일 이곳에 이만한 신인이 났다면 저널리즘의 총애가 되었을 겝니다. 서울 가서 아마 형께 부탁하려다 그만 수집어 못한 모양인데 어느 서관書館에고 잘 교섭해주시기 간절히 바라옵니다. 총망하와 이만 줄이옵고 난필을 용서하소서.

장혁주 올림

(장혁주씨로부터 필자에게 온 것)

상허 형 안녕하십니까. 그리고 문장사 일에, 학교 일에, 또 글 쓰시기에 얼마나 바쁘십니까. 너머 격조하여 미안하온 중에 문장『34인집』을 보내주셔서 참으로 감사합니다. 그리고 죄송도 합니다. 1월호도 보내주신 것을 사례의 말씀도 못 드리고 원고좀 써보내라 하신 것도 시치미 따고 있사오니 마음은 항상 무거움을 느낍니다. 모든 것을 해량하여 주십시오. 아마 경성에 돌아가기 전에는 도무지 고명高命을 시행할 가망이 없을 것 같습니다. 귀소는 3월 중순 예정이오나 아직 일자는 확실히 단언할 수 없습니다. 내내 보중保重하십시오.

2월 19일

제 이희승

(이희승씨로부터 필자에게 온 것)

일전
형의 혜함惠函* 배승拜承*하였습니다. 다시금 형의 건강과 문운을 빕니다. 제弟 그저 한모양이올시다. 형의 글을 받고 아득했습니다. 우제愚弟는, 그토록 형께서 격려해주시던 말씀과 큰뜻을 너머나 저바려왔습니다. 죄스럽고 슬픕니다. 앞으로는 『문장』으로 제게 독려해주실 기회가 없으려니 하면 어떻다 할 말씀이 없이 그저 괴롭습니다. 너머 제 작품에 대한 제 불만만을 앞세워온 듯합니다. 지금 하도 당황한 심정이라 무엇을 가리리까. 무저蕪著를 미정고未定稿로나마 보내드립니다.
형들의 지난 업적이 더욱 위대한 것이었다고 우러러보입니다.

3월 24일 밤

우제愚弟 최명익 배

(최명익씨로부터 필자에게 온 것)

이선생님께

오늘 하서를 봉독하옵고 즉시 『서원書苑』을 사 부쳤습니다. 이만한 힘이라도 선생님을 위해 쓸 수 있다는 것이 퍽 기뻤습니다. 제4권 12호, 제5권 2호, 3호, 4호의 네 권입니다. 이밖에 구호

---

* 혜함(惠函) : 혜서(惠書). 남이 보내준 편지를 높여 일컫는 말.
* 배승(拜承) : 삼가 받들다.

舊號들도 좀 떠들어 보았습니다만 완당에 관한 글은 없고, 후지쓰카藤塚님의 집필에 '清鮮文化交流の一瀾'이란 제題, 전후 2회로, 이휘지, 강세황, 이성원, 조종현, 이런 이름들이 보였습니다. 필요하시다면 다시 알리시는 대로 사 부치겠습니다. 이번 네 책 값이 6원 5십 전, 마치 두 책 살 대금은 남았습니다.(필요치 않으시다면 곧 잔금을 부쳐드리겠습니다)

소위 매우梅雨가 이 보름 동안 끈지르고 있습니다. 서울은 아마 더워졌지요? 금년은 팔도에 비나 잘 나리기를 바랍니다만.

오는 7월 5일경에 저는 가루이자와輕井沢으로 가게 될 듯합니다. 9월 10일경까지 거기서 몸이나 단련할까 생각합니다.(최근 건강에 자신이 없어졌어요) 하답서는 될 수 있는 대로 속히 주시기를 바랍고 총총 이만 끄칩니다.

6월 21일

조남령 드림

(조남령씨로부터 필자에게 온 것)

필승아

나는 날로 몸이 꺼진다. 이제는 자리에서 일나기조차 자유롭지가 못하다. 밤에는 불면증으로 하여 괴로운 시간을 원망하고 누워 있다. 그리고 맹열猛熱이다. 아모리 생각하여도 딱한 일이다. 이러다는 안 되겠다. 달리 도리를 채리지 않으면 이 몸을 다시 일으키기 어렵겠다.

필승아

나는 참말로 일어나고 싶다. 지금 나는 병마와 최후 담판이다. 흥패가 이 고비에 달려 있음을 내가 잘 안다. 나에게는 돈이 시급히 필요하다. 그 돈이 없는 것이다.

필승아

내가 돈 백원을 만들어볼 작정이다. 동무를 사랑하는 마음으로 네가 좀 조력하여 주기 바란다. 또 다시 탐정소설을 번역하여 보고 싶다. 그 외에는 다른 길이 없는 것이다. 허니 네가 보던 중 아조 대중화되고 흥미 있는 걸로 한 둬 권 보내주기 바란다. 그러면 내 50일 이내로 택하여 너의 손으로 가게 하여주마. 허거던 네가 극력주선하여 돈으로 바꿔서 보내다오.

필승아

물론 이것이 무리임을 잘 안다. 무리를 하면 병을 더친다. 그러나 그 병을 위하여 업집어 무리를 하지 않으면 안 되는 나의 몸이다.

그 돈이 되면 우선 닭을 한 30마리 고아 먹겠다. 그리고 땅군을 들여, 살모사, 구렁이를 10여 뭇 먹어보겠다. 그래야 내가 다시 살아날 것이다. 그리고 궁둥이가 쏙쏘구리 돈을 잡아먹는다. 돈, 돈, 슬픈 일이다.

필승아

나는 지금 막다른 골목에 맞닥드렸다. 나로 하여금 너의 팔에 의지하여 광명을 찾게 하여다오.

나는 요즘 가끔 울고 누워 있다. 모두가 담담한 사정이다.

반가운 소식 전해다우. 기다리마.

3월 18일

김유정으로

(돌아간 작가 김유정으로부터 안회남씨에게 온 편지다. 사연의 기막힐 뿐 아니라 그 기진한 호흡조차 느껴진다)

회남 형

형의 글 반가이 읽었습니다. 저의 못난 여편네를 위하여 귀중한 하룻밤을 부인으로 하여금 허비하시게 하였다니 어떻게 감사해야 할는지 모르겠습니다. 부인께도 이 말씀 전해주시기 바랍니다.

형의 「명상瞑想」을 잘 읽었습니다. 타기唾棄할 생활을 하고 있는 현재의 저로서 계발啓發받는 바 많았습니다. 이것은 찬사가 아니라 감사입니다.

저에게 주신바 형의 충고의 가지가지가 저의 골수에 맺혀 고마웠습니다. 도다와서 인간으로서, 아니, 사람으로서의 옳은 도리를 가지고 선회하라 하신 말씀은 참 등에서 땀이 날만치 제 가슴을 찔렀습니다.

저는 지금 사람노릇을 못하고 있습니다. 계집을 가두街頭에다 방매放賣하고 부모로 하여금 기갈케 하고 있으니 어찌 족히 사람이라 일컬으리까? 그러나 저는 지식의 걸인은 아닙니다. 7개국어 운운도 원래가 허풍이었습니다. 살아야겠어서, 다시 살아야겠어서 저는 여기를 왔습니다. 그러나 그보다도 먼저 해결해야 할 일이 있었습니다. 당분간은 모든 제 죄와 악을 의식적으로 묵살하는 도리 외에는 길이 없습니다. 친구, 가정, 소주燒酒, 그리고 치사스러운 의리 때문에 서울로 돌아가지 못하겠습니다. 여러 가지를 생각하고 있습니다. 어떻게 했으면 좋을지를 전연 모르겠습니다. 저는 당분간 어떤 고난과라도 싸우면서 생각하는 생활을 하는 수밖에 없습니다. 한편의 작품을 못 쓰는 한이 있드라도, 아니 말과 비트러져서 아사하는 한이 있드라도, 저는 지금의 자세를 포기하지 않겠습니다. 도저히 커피 한잔으로 해결될 문제가 아닌 것입니다.

『조광』 2월호의 「동해」는 작년 6, 7월경에 쓴, 냉한삼곡冷汗三斛의 역작입니다. 그 작품을 가지고 지금의 이상을 '촌탁忖度' 하지 말아주시기 바랍니다.

과거를 돌아보니 회한뿐입니다. 저는 제 자신을 속여왔나 봅니다. 정직하게 살아왔거니 하던 제 생활이 지금 와보니 비겁한 회피의 생활이었나 봅니다.

정직하게 살겠습니다. 고독과 싸우면서 오직 그것만을 생각하며 있습니다. 오늘은 음력으로 제야입니다. 빈자떡, 수정과, 약주, 너비아니, 이 모든 기갈의 향수가 저를 못살게 굽니다. 생리적입니다. 이길 수가 없습니다.

가끔 글을 주시기 바랍니다. 고독합니다. 이곳에는 친구 삼을 만한 사람이 없습니다. 즉 아직 발견하지 못했습니다. 언제나 서울의 흙을 밟아볼는지 아직은 망연합니다. 저는 건강치가 못합니다. 건강하신 형이 부럽습니다. 그러면 과세過歲 안녕히 하십시오. 부인께도 인사 여쭈어 주시기 바랍니다.

우제愚弟 이상

(이분 그예 서울 흙을 밟아 못본 채 돌아간
이상씨로부터 안회남씨에게 온 편지)

그간 안녕하십니까.

찾아 뵈옵지 못하와 죄송하옵니다.

제 책이 이제야 나오게 되었습니다. 그러나 제본이 내일 오후라야 되므로 지금 곧 책을 구경시켜 드리지 못하는 것이 미안하옵니다.

동봉하온 상허尙虛의 글월 보시면 아시려니와 이번에 또 형께 『소설가 구보씨의 일일』 신간평을 청탁하옵니다. 조선일보분은 여천 형이 쓰겠다 하였고, 매일신보분은 조용만 형에게 말할 생각이라 하와, 형께는 동아일보의 것으로 되나 봅니다.

매우 죄송하오나 일이 급하게 되었습니다. 명일(9일) 오후 3

시경에 댁으로 사람을 보내리라 하오니 그 편에 원고 주실 수 있도록 하여주십시오.

꼭 믿습니다.

구보 재배

회남 대인大仁 전前

(박태원씨로부터 안회남씨에게 온 것)

최영주 인형仁兄

책 보내주신 것 참으로 감개무량하게 받자왔습니다. 그리고 그 수일 앞서는 오형의 혜신도 삼가 받자왔습니다. 오형께 여러 가지로 신세진 말씀 무엇으로써 사뢰오리까. 오직 감사하올 뿐입니다. 한 세대 전의 유물을 지금 세상에 내어놓는 것 같습니다. 미숙, 조잡은 오히려 둘째, 이데올로기부터가 벌써 한 세대 전 것 같습니다. 그러나 제弟에게는 잊기 어려운 젊은 날의 감격이, 비록 적은 책자일망정 이 한 권에 서려 있는 듯싶습니다. 보내주신 20권을 신경新京에서 친지간에 이럭저럭 나누고 나니 서울 친우, 지기들께가 문제입니다그려. 이태준, 김용준, 김복진, 윤석중씨 등에게도 작자로서 근정謹呈해야겠는데 여기 여부가 없사오니 미안하오나 제弟 앞으로 10부를 치시고 전기前記 사씨四氏에게 보내주신 후, 잔여 6부는 이리 보내주시면 여기서도 긴급히 쓰겠삽고 책대는 즉시 앙정위계仰呈爲計*입니다. 그리고 호화본에 관해서도 이왕 힘써 보아주시던 것이오니 계속하셔서 좀 애써주옵소서. 지기근紙饑饉인 줄 번연히 알면서 무리한 청입니다마는 성사되도록 힘써주옵소서.

선후가 꺼꾸로 되었사오나, 댁내 제절 안녕하시고 아기네 사숙양, 인화군도 잘 자라겠지요. 제가弟家 역 무고합니다.

답장이 이렇듯 늦었사옴은, 그간 동만東滿 지방에 여러 날 출장갔다가 돌아와서야 혜서惠書와 책을 함께 배견한 탓이오니 과히 꾸지람 마시옵소서. 연내로 일차 귀국진배하고 치하의 말씀 올리려 하나이다. 늘 안녕하소서.

5월 2일

제 박팔양 재배

(박팔양씨로부터 최영주씨에게 온 것)

일간은 어떠하십니까.

날씨가 많이 풀려서 우선 마음부터 좀 안정되는 것 같습니다. 자꼬만 거닐고 싶은데 아직 몸둥이가 말을 안 듣습니다. 구보 형이 오늘 다시 갈 터이오니 라스트 헤비- 잘 애써 주십시오. 형이 힘써 지원해주심으로 하여 구보 형의 정성과 아울러 일이 그쯤 진척이 된 것으로 믿으며 두루 감격해 마지않습니다. 구체적인

* 앙정위계(仰呈爲計) : 보내드릴 요량의 뜻.

말씀은 구보 형에게 자세히 썼습니다. 인제는 고마운 회신만 고대하고 있을 뿐입니다.

부디 안녕하소서.

11월

채만식

(채만식씨로부터 최영주씨에게 온 것)

얼마나 더우십니까. 재미 많이 보시는지. 「겸허」를 180매로 끝막었습니다. 서류우편으로 보내드리오니 잘 받으시고 특별대우해줍쇼.

특별대우란 다른 것이 아니라 누락이 없도록, 또 교정을 잘, 이렇게 해주시는 것입니다. 이것을 마추고 나니까, 제가 유정에게 해야 할 가장 중요한 것을 다한 것 같아야 마음이 후련합니다.

형께서도 인전 조르실 말씀이 없으니까 시원섭섭할듯.

한 4, 5일 후 상경하겠습니다. 만나뵙지요.

상허께도 인사 여쭈어주십쇼.

화백께도.

7월 16일

회남 배

인택 아형雅兄

(안회남씨로부터 정인택씨에게 온 것)

이번에도 또 이 모냥이냐고 꾸지람하시는 말씀이 금방 귀에 들리는 듯하옵니다. 이번 장편은 형에게서 말씀 있으시기보다도 생이 좀더 적극적으로 쓰고 싶었던 것이라 최종 마감인 지난달 그믐까지에는 천하 없어도 써올릴려고 제깐에는 고심참담苦心慘憺하온 바가 있었사오나 (대단히 부끄러운 말씀이오나) 아직도 준비가 충분하지 못하와 그으예 못 쓰고 말았습니다. 다른 작품은 별로 못 쓰더라도 명년에는 이 장편만은 작품다운 것을 만들어 놓고 싶다 생각이 간절하와 좀더 준비에도 만전을 기하고 싶어 그러하오니 생의 고충을 양찰하시와 부대 2월호부터 시작하기로 하여주실 수 없겠습니까. 단편도 아니고 여러 달 실릴 장편이라 섣불리 시작할 수가 없어 그러하옵니다. 감히 미안하오나 이번 한번 더 저의 죄를 사하여 주십시오. 2월호에는 절대로 틀림없이 맹서하옵니다. 늦어도 12월 20일까지에는 꼭 제1회분 써올리겠습니다. 그리 알아주시옵고 내내 안녕하시옵소서.

즉일

구보

(박태원씨로부터 정인택씨에게 온 것)

정형 그동안 늘 건강하시고 글 모으시기에 얼마나 바쁘십니까. 일전 보내주신 '최문상催文狀'* 두렵게 읽었습니다. 교토京都

* 최문상(催文狀) : 글쓰기를 독촉한 편지.

는 아담한 문화도시, 동경의 분뇨奔鬧만을 호흡하던 제弟도 의외의 휴식을 느낍니다. 수필 정도의 감상록을 초하기 전, 오래간만에 한 수의 졸작을 얻었기 동봉합니다. 이곳에서 느낀 나그네의 적은 '쎈치'입니다. 이, 김, 길 제씨께 문안말씀 드려주십시오.

9월 29일

김제金弟 상용 배

(김상용씨로부터 정인택씨에게 온 것)

작야昨夜 여행에서 돌아와 속달을 배속하였사오며 금월에는 휴고休稿하려 했삽더니 엄명이 계시와 안 쓸 수도 없고 쓸 재료는 식졸간에 없고, 또 부득이 조래朝來에 '미든'의 만문漫文 3편을 망초정상忙草呈上*하옵는바, 금월 1회만 이것으로 더 귀중할 지면을 점오玷汚키로 하옵니다. 교校는 예에 의하여 제가 자위하겠사오니 조량照亮*하시옵소서. 문文은 가위 기절奇絶, 묘절妙絶의 문이오나 호가好歌도 장창불락長唱不樂이란 소언마따나 지리할 우가 있음을 두려워합니다.

사내 제선생님들 서중署中에 얼마나 분망하시옵니까. 총총이만.

즉일

양 제배弟拜

(양주동씨로부터 정인택에게 온 것)

---

* 망초정상(忙草呈上) : 바쁜 중 초하여 올린 것.
* 조량(照亮) : 밝게 살피시라는 뜻.

정형

오랜만입니다. 서울을 도망하듯 떠나는 바람에 뵈옵지 못하고 왔습니다. 와서도 진적 인사 못 차린 것은 오랑캐의 버릇이 아닙니까. 형은 동방예의가 밝은 곳에서 살으시고 제弟는 북적北狄의 버릇을 배왔습니다.

『문장』의 선수가 어찌 『문장』을 위해 활약하지 아니하겠습니까. 실상은 원고와 같이 이 글을 쓰리라 생각하다가 글월까지 늦었습니다. 게으른 마음에 형의 웃음과 말씀이 잦지 않으시니 이렇게 늦을밖에 없습니다.

내일이고 모레고 회심의 시품詩品 하나 청람에 공供하렵니다. 이번 '운동회'에는 이 정예가 한 500미돌米突* 달리는가 봅니다. 6월호 마금이 벌써 지났을 줄 아옵니다만, 억지 써서 이번에 넣어주시기 바랍니다. 우리 『문장』에서는 한번 대담하니 뒹굴을 생각으로 잔뜩 팔을 걷어올리고 있습니다.

이 넓은 발판에 와서 시 한 백편 얻어갖고 가면 가서 문장을 뵈올 낯도 있지 않겠습니까. 부지런히 마음을 가다듬고 있습니다. 이 선수에게 형은 아무 것이나 명하시기 바랍니다. 오형의 「연연기戀戀記」는 형을 생각하며 때금때금 읽었습니다. 꼭 형을 대하는 듯이 읽었다면 형은 욕하시렵니까.

오늘은 이만하옵고 아형의 문업 더욱 건왕하시기 심원하옵

---

* 미돌 : 미터.

니다.

상허 선생께도 전안傳安 앙망이옵니다.

5월 6일

백석 제

(백석씨로부터 정인택씨에게 온 것)

금야 9시 15분차로 급거히 안동 역까지 가게 되는데 침대권 예매차로 나갔다가 들어와보니 속달엽서를 보내셨구면요. 이제 생각하자니 무책임하게 된 셈입니다그려. 다달이 시선후詩選後에 할말을 다하고도 겹혀하여서 이제 할말이 없습니다. 그리하오나 이번만은 『문장』에서 쓰시는 것이 타당한 질서일까 하오며 천성 양질의 타태벽惰怠癖이 동하오면 소개사는 여하간 출생신고도 쓸 쑤 없는 것이오니 대체 대부大夫가 어찌하시랍니까. 그 일로 고소를 수속할 수도 없으실 것이니 대부의 일자천금의 명문으로 소개사를 써 넣으실 수밖에 없습니다. 갔다가 와서 대풍을 떨치오리다.

9일 오후

지용

(정지용씨로부터 정인택씨에게 온 것)

● 엽서부

구조久阻하였습니다.

우리는 숭인동으로 이사했습니다. 안해는 쌀 씻고 나는 불 피우고 …… 이게 마치 어린애들 소꿉질 같습니다.

인산因山때 상경하십니까. 상경하시거든 꼭 들리셔서 우리가 지은 진지 좀 잡수시오. 그러나 단 술과 안주는 지참해야 합니다. 하하하

너무 오래 되어서 숫자로 문안합니다.

(최학송씨로부터 대정 15년 6월 5일에 조규원씨에게 온 것)

그간

형체 만안하시며 댁내 균안하시나이까. 떠날 적에는 그리 버젓한 길도 아니기 뵈옵고 온다는 말씀도 여쭙지 안해서 죄송했습니다. 바람에 불려 온듯도 합니다. 다만, 제게는 새로운 체험인 것이 시보다 훨씬 좋습니다. 5월과 6월은 안개뿐인 곳이라 합니다. 그러나 이제 좀 지나면 딸기가 나고 토마토가 나고 복숭아가 나고 능금이 나고 바다가 오 리고 주을온천이 있고 그리고 저에게 건강이 있으면 당분當分 이곳을 사랑할 수 있을까 합니다.

내내 형의 건강과 행복을 비나이다.

(김기림씨로부터 최재서씨에게 온 것)

그동안 안녕하시옵니까.
오래동안 못 뵈왔길래 오늘은 라일락 꽃다발을 안고 심천리사로 찾아왔더니 문이 잠겨 있었습니다.
늘 꽃을 꽂는 언니 맵시를 생각하고 참말 향기로운 꽃을 가지고 갔었지요. 언니가 기뻐하시는 모양을 그리면서……. 하는 수 없어 신세기 사에 들려 주고 말았답니다. 늘 건강에 조심하십시오.

(최경희씨로부터 최정희씨에게 온것)

산만刪曼 전자 15일까지 졸고 앙정仰呈 약속이 왔사오나 그간 공사간 불의다사하와 위약되었으며 금 20일 전후까지는 필위 앙정위계仰呈爲計였사오나 또한 불의에 남선지방에 여행케 되와 거듭 미안케 되었습니다. 양촉諒燭*하시옵기, 차호次號에는 위약치 않겠사오니 해량하시옵.

(고유섭씨로부터 이갑섭씨에게 온 것)

점점 더워갑니다.
존체 건왕하시고 여러 선생께서도 안녕하실 것으로 믿습니다. 2, 3일로 예정했던 것이 이렇게 일주일을 넘게 되오니 심히 죄송하옵

---

* 양촉(諒燭) : 양찰(諒察). 미리 헤아려 살핌.

니다. 궁금하실까 보아 몇 자 올리오며 일간 찾아뵈오려 합니다.

5월 17일

승욱 근상謹上

(권승욱씨로부터 이극노씨에게 온 것)

잘 왔습니다.

여러 가지로 감사 만만이옵니다.

사 안 여러분께 안부 전해주시옵소서. 내내.

(윤석중씨로부터 이갑섭씨에게 온 것)

북경에 무사히 도착하였습니다. 의외로 이곳에 메칠 더 유하게 되었습니다. 그동안 여러 가지로 애쓰시고 수고하셔서 감사합니다. 북경은 여러 가지로 볼 것이 많습니다. 그러나 또 목적지로 가야겠으므로 다녀와서 천천히 구경하겠습니다. 21일에는 전지로 떠나서 위문하겠습니다. 또 편지하겠습니다.

(박영희씨로부터 노성석씨에게 온 것)

엄동에 선생님 존체 만안하심을 비오며 귀댁에 다복하시게 앙축하나이다. 7월에 낳으셨다는 아기도 귀엽게 선장善長하는 줄 믿사오며 오랫동안 안부 못 드려 죄송합니다. 저이는 오늘 새 임지로 왔습니다. 나고야名古屋 시에서 30분쯤 동경 쪽으로 오는, 일본의 정말丁抹이란 농업지대입니다. 한 1년 있을 작정으로 왔습니다. 아직 짐이 오지 않아 여관에서 지내옵는데 아마 새해를 이렇게 맞이하올 모양이외다. 머얼리서 다복한 새해를 맞이하오기를 빌겠나이다. 영부인께도 잘 안부 전해 주시옵소서.

12월 27일

임옥인 드림

(임옥인씨로부터 필자에게 온 것)

상허 사형

수일 못 뵈었습니다.

가람 선생께서 난초를 뵈여주시겠다고 22일(수) 오후 5시에 그 댁으로 형을 오시게 좀 알려드리라 하십니다. 그날 그시에 모든 일 제쳐놓고 오시오. 청향복욱清香馥郁한 망년회가 될 듯하니 즐겁지 않으리까.

20일

(정지용씨로부터 필자에게 온 것)

거의 얼굴을 잊을 지경입니다. 멀리서 항상 건강분투하심만 빌고 있습니다. 제弟는 도만渡滿 4년 아무 이룬 것 없이 오십 가까워오는 나이가 부끄러울 뿐입니다.

별봉앙정別封仰呈하옵는 『싹트는 대지』는 이곳 몇몇 문인의 수획收獲이오니 내용, 외관 아울러 벤벤치 못하오나 어여삐 보아주시고 느끼신 바, 혹은 고평高評을 간단히라도 써주시면 외인부대에게 격려됨이 있을까 감히 앙청하나이다.
내내 자중자애하소서.

11월 30일

(신영철씨로부터 필자에게 온 것)

역두까지 일부러 나와주셔서 실로 고마웠습니다. 실연이나 하고 울기 좋은 곳으로 와버린 것 같습니다. 산이 슬프고 들이 슬프고 너머나 가까운 기적소리가 슬퍼서, 벌써부터 남쪽이 그리워서야 쓰겠습니까! 근원, 길화백, 인곡, 심원, 그리고 가끔 그리로 오시는 청정선생 다 안녕하십니까. 70만 중의 하나로도 끼이지 못하고 밀려 떨어진 서울이 미워도집니다마는, 다행히 이곳서 무엇이고 얻어가지고 떠나게 되기만 스사로 바랍니다.

(김기림씨로부터 필자에게 온 것)

특집 보내주셔서 고맙습니다. 마침 해수욕 가는 도중에서 받아서 선선한 해변에서 자미있게 읽었습니다. 요적寥寂한 문단에 큰 인印을 남긴 관觀이 있습니다. 금후로 꾸준히 분투해 주십시오. 이곳은 아직 매우 선선합니다. 한번 틈내어 놀러오십시오.

(한설야씨로부터 정인택씨에게 온 것)

삼가 신년에 문기文祺 만복하심을 축하하나이다.

경성 매신每新을 떠나실 때 말씀만 듣고 악별握別치 못한 것은 여태껏 서운하였으며 몇몇 지우가 송별의 술잔을 기울였을 때, 또한 지방에 가기 때문에 참례치 못한 일 죄송하였습니다. 서울 오시면 부대 찾아주소서.

(박종화씨로부터 정인택씨에게 온 것)

인택 대부大夫

선천서 나흘 밤 자고 이제 안동에 와서 한번 잤습니다. 수수어愁誰語 「평양」 받으셨지오?

고랑姑娘 1소대를 거나리고 흔천동지 호유豪遊하였습니다. 귀경할 시일이 답연沓然합니다.

지용 배

상허 형

내가 다시 수수어愁誰語 「대안동大安東」을 귀지貴紙에 제공할 의의

가 있습니다. 만주에서 형의 대산대권大散大權을 내게 양위하시기를 제의하오니 이차양지以此諒之하소서. 가가呵呵.

1월 5일

지용 제弟

● 공식문부公式文部

전략前略 배언拜言하오며 금차 폐지弊誌의 발간을 위하여 뜻 깊게 성원하여주시고 더구나 집필을 허락하신 것은 무한히 감사하옵는 바입니다. 이미 앙청하온 원고는 혜투惠投하여 주실 줄 믿삽거니와 이제 다시 좌기左記 제하題下에서 외람히 옥폭玉幅을 앙청하오니 행히 견각見却되지 않으면 천만 영광이겠나이다.

3월 20일

평양부 신양리
문예공론사 백
편집자 양주동

1. 젊은 시절의 일기(1일분)
2. 내가 좋아하는 작가와 작품
3. 내가 좋아하는 영화와 배우　　이상

아뢰올 말씀은 다름 아니오라 조선의 현대신인의 작품을 서양인 수명과 합력하여 영어로 번역한 다음에 외국에 소개하고저 하옵는바, 바쁘신 중일지라도 귀하의 작품으로 다섯 편 이상 열 편 이내로 추리시어 12월 12일 내로 보내주시오면 대단 감사하겠나이다.

시월 이십구일

경성시외 연희전문학교

정인섭 올림

배계시하拜啓時下

귀체만안하옵시기 앙축하오며 금반 조광지에는 독자통신란을 특설하여 독서인에게 적은 도움이라도 줄까 하오니 최근에 읽으신 서적명, 그 짤막한 독후감, 어떤 독자층에 읽힐 만한 것이라 등의 귀견을 별지로써 회신해주시옵기 절망하옵나이다.

3월 31일

조광사 편집부 백

제례除禮

제3회 조선예술상 수상을 전형詮衡중이온바 올 1년 동안(소화 16년도) 문학, 연극, 영화, 무용, 음악, 회화 등 예술 각 분야에 있어서 가장 뛰어난 활약과 공적을 끼친 분(혹은 단체)은 누구 누구이온지 삼가 선생의 고견을 앙청하옵나이다.

(죄송하오나 왕편엽서로 소화 17년 1월 10일까지 회시回示 주심 바랍니다.)

소화 16년 12월 25일

모던 일본사

마해송

배계拜啓

귀체 청안하심 앙축하오며 축백祝白

구사舊師 산전신일山田新一(야마다 신이치) 씨를 중심으로 동창 6, 7인이 회명하여 일석 환담하고저 감청하오니 좌기 하관하신 후 소만 왕림하심 간망懇望하나이다.

11월 24일

홍우백 배

記

時日 十一月二十六日 午后六時

場所 昭和通 京城 호레루

會費 五圓(當日持參仰要)

인생의 무상함은 막을 길이 없습니다. 외로운 행인 고 김유정, 이상 양군이 저같이 조서早逝함을 볼 때 우리는 다시 한번 차탄嗟歎하였습니다. 그러나 정과 사랑을 가진 우리는 그들에 대한 아깝고 그리운 생각을 금할 수 없습니다. 동도同道의 전배후계前輩後繼가 조촉弔燭 아래 같이 모여서 혹은 이야기하고 혹은 묵상하거나 고인의 망령을 위로하고 명복을 빌고저 합니다. 세사에 분망하신 몸일지라도 고인을 위한 마지막 한 시간이오니 부디 오셔서 분향의 성의盛儀에 자리를 같이해 주시면 참으로 감사하겠습니다.

時日　五月十五日(土) 午后七時半

場所　府內府民舘 小集會室

發起人(氏名略)

■나의 외삼촌 상허 이태준

이태준의 결혼사진(1930년, 27세 때)

나의 외삼촌 상허 이태준

김명렬*

내 기억으로 내가 외삼촌을 처음 본 것은 해방 후 한참 혼란했던 시기이다. 해외에서 구국투쟁을 하던 독립투사들이 귀국하면서 국내에서는 여러 가지 노선이 서로 주도권을 잡기 위해 다투고 있을 때였다. 그때 우리는 서대문에서 살다가 집을 줄여서 한남동으로 나와 살았는데, 당시 한남동은 문안보다 문화적으로 상당히 뒤떨어져 있던 시골이었다. 그 동네에서 신문을 보거나 라디오로 뉴스를 듣는 집은 가뭄에 콩나기였다. 그 당시 겨우 대여섯 살밖에 안 되었던 나는 라디오 뉴스와 어른들의 말씀에서 귀동냥한 정계 인사들의 이름과 정치 술어를 외워 가지고, 아무것도 모르는 동네 아이들에게 국내 정세를 아는 척하며 떠드는

* 서울대학교 영문과 교수.

재미에 폭 빠져 있었다.

그날도 나는 내 또래 아이들을 대문 앞에 모아 놓고 내가 마치 김구 선생이나 이승만 박사를 개인적으로 잘 아는 듯이 엉뚱한 거짓말을 늘어놓고 있었다. 그때에 한 신사가 골목의 막다른 집이었던 우리 집을 향해 언덕길을 걸어 올라왔다. 키가 무척 컸고 얼굴 색이 희었으며, 특히 쌍꺼풀 진 큰 눈이 푸를 정도로 맑았다. 양복색이 엷은 회색인지 아니면 약간 포르스럼한 회색인지 확실치 않으나 내가 보기에 대단히 고급스러웠고 그의 흰 얼굴과 썩 잘 어울렸다. 어떻든 그렇게 잘 생기고 멋진 신사는 나는 처음 보았다. 그는 내 머리를 쓰다듬으며 "명렬이 아니냐" 하고 말했던 것이 기억난다. 그 목소리는 크지 않으면서도 낭랑하게 울리는 소리였다. 나는 그의 손에 들린 선물 꾸러미에 얼른 눈을 준 후 집안으로 뛰어들어가서 어머니에게 손님이 온 것을 알렸다.

여느 때처럼 바느질을 하고 있던 어머니는 안방 문을 열다가 손님을 보더니 버선발로 뛰어나와 그를 맞아들였다. 뒤따라 들어간 나에게 어머니는 "외삼촌이시다" 하고 일러주었다. 그리고 나를 그에게 절을 시킨 후 서둘러 나가 놀라고 했다. 그러나 반가움보다는 놀람과 걱정의 기색이 더 역력했던 어머니의 표정이 어린 마음에도 걸려서 좀 불안하기도 했거니와, 또 그 고급 포장지로 싼 선물꾸러미가 너무 궁금해서 나갈 수가 없었다. 그래서 싫다고 떼를 썼다. 내 속마음을 모를 리 없는 외삼촌은 어서 내게 과자를 주라고 어머니에게 말했다. 그러자 평소 같으면 어림도 없는 일이 일어났다. 즉, 손님이 가기 전에는 손님이 가져 온 물건에 절대로 손을 못 대게 했던 어머니가 그 선물 꾸러미를 푸는 것이었다. 안에 든 상자의 뚜껑을 여니 차마 입에 넣기가 아까울 정도로 예쁜 생과자가 그 안에 가득하였다. 어머니는 말없이 내게 한 개를 건네주었다.

나는 그것을 들고 얼른 밖으로 뛰어나갔다. 그러나 애들에게 빼앗길까봐 마당에서 다 먹은 후 아이들에게 갔다. 고급 양복을 입은 신사에 호기심이 잔뜩 부푼 아이들은 대문 틈으로 기웃거리며 우리 집 동정을 살피고 있었다. 나는 "아까 그 아저씨가 우리 외삼촌인데 고급 나마카시를 굉장히 많아 사왔다"고 아이들에게 자랑을 늘어놓았다. 얘기를 하다 보니까 또 먹고 싶어서 견딜 수가 없었다. 아버지도 가끔 생과자를 사왔지만 그렇게 예쁘고 맛있는 과자는 아니었다. 그래서 무망한 일인지를 알면서도 혹시 한 개 더 먹을 수 있을까 하고 다시 방으로 들어갔다. 외삼촌은 낮은 목소리로 어머니에게 이야기를 하고 있었고 어머니는 잠자코 들으면서 저고리 고름으로 자꾸 눈물을 찍어내고 있었다. 나를 본 어머니는 아무 말 없이 다시 과자 한 개를 또 꺼내주었다. 어머니가 우는 것은 싫었지만 그래도 재수는 되게 좋은 날이라고 생각하며 나는 또 밖으로 나가 놀았다. 얼마 후 내가 다시 들어왔을 때 외삼촌은 보이지 않고 어머니만 혼자 앉아서 하염없이 눈물을 흘리고 있었다.

지금 생각하니까 그날 외삼촌이 월북하기 직전에 남쪽에 있는 유일한 동기간인 나의 어머니에게 작별인사를 하러 온 것이었다. 그때만 해도 삼팔선을 몰래 왕래하는 사람들이 많아서 가족이 남북으로 갈렸어도 지금같이 막막하지는 않았지만, 어머니는 그래도 그것이 긴 이별이 되리라는 것을 예감했던 것 같다. 혼자 눈물짓는 어머니의 표정이 그처럼 참담해 보였던 것이다. 그후 또 얼마 지나서 외숙모마저 솔가率家해서 월북해 버리고 삼팔선도 완전히 막히자 어머니는 외삼촌을 다시 만나는 일을 절망하였다.

외숙모는 북으로 가면서 집은 당시 집 없이 신접살림을 하던 이종사촌누나에게, 그리고 나머지 세간은 어머니에게 맡기었다. 그래서 어머니는 가을마다 외갓집에 가서 장마 겪은 책들을 꺼내 폭서曝書하고 세간과 옷들을 건사하였다. 일 년에 한두 번씩 그렇게 외갓집에 갔다오면 어머니는 늘 며칠 간 언짢아했다. "누가 부지깽이 하나 보태 준 사람 없건만, 너희 외삼촌은 자수성가하여 살림도 참 알짬으로 짭짤하게 장만하셨지. 그렇지만 당신이 소시 적에 고생하셨기에 불쌍한 사람은 그냥 지나치지 못하셨단다. 한번은 새로 사 입은 양복 윗도리를 고학생에게 벗어 주고 들어와서 너희 외숙모가 펄펄 뛴 적도 있었단다." 어머니는 혼잣소리처럼 이런 이야기를 우리에게 해주면서 먼 하늘을 바라보며 한숨짓곤 했다.

내가 두 번째로 외삼촌을 본 것은 육이오 사변 때였다. 우리는 그 동안 다시 서대문으로 들어가서 살다가 살림이 또 궁색해져서 보광동으로 나와서 살고 있었다. 인민군이 서울을 점령한 후 세상이 바뀌자 우리가 살던 보광동에서는 행세깨나 하던 사람들이 자꾸 사라졌다. 들리는 소문에 의하면(나중에 결국 사실로 판명되었지만) 밤이면 잡아다가 없애버린다는 것이었다. 우리도 그 동네에서 제일 번듯한 집 중의 하나를 쓰고 살았으므로 필경 숙청 대상이 될 것 같아서 성북동 외갓집으로 피신했다.

그러자 어느 날 외갓집 형제 중의 제일 맏인 소명素明이 누나가 불쑥 들이닥쳤다. 이북에서 피아노를 전공했다는 누나는 인민군 위안 공연을 위해서 선발대로 내려왔다는 것이다. 울음 반 웃음 반으로 외갓집과 이모집 식구들의 안부를 묻는 어머니에게 누나는 쾌활히 웃으며 모두 잘 있으니 걱정 말라고 하였다. 곧 통일이 되면 모두 내려와서 함께 살게 될 것이라며 행복한 미래에 대해 자신만만해 하였다. 그리고 외삼촌도 문학가동맹의 일원으로 얼마 안 있어 서울에 올 것이라고 했다. 누나는 정든 옛집에서 겨우 하루밖에 못 묵었지만, 승전의 기쁨에 취한 듯 별로 아쉬워하지도 않으며 이튿날 씩씩하게 남으로 떠났다.

그리고 며칠 후 외삼촌이 정말 외갓집 일각대문을 열고 들어섰다. 나는 두 어른들의 감동적인 만남에 우리 같은 아이들은 자리를 같이하는 것이 아니라고 생각하여 뒷곁으로 피했다. 그러나 그런 가운데에서도 내가 느낄 수 있던 것은 팔을 붙들고 우는 어머니와 달리, 외삼촌은 무척 다정하면서도 침착하게 어머니를 대했다는 것이다. 그렇게 오랜만에 만난 것치고는 오누이의 대화는 별로 길지 않았다. 외삼촌을 대청 마루로 데리고 올라온 어머니는 곧 음식 준비에 바빴다. 외삼촌의 까다롭고 짧은 입맛에 맞는 음식을 차리기 위해 어머니는 노심초사하였지만 그래도 그것이 더없이 즐거운 듯이 보였다. 내가 보기에 어머니에게는 외삼촌이 오빠 겸 아버지였다. 어머니는 외삼촌을 그렇게 어려워하고 높이 받들었다.

이날 내가 본 외삼촌은 한남동 집에서 본 모습과 달랐다. 예전과 달리 머리칼은 희끗희끗했고 이마에는 주름이 있었다. 여름날이라 정장을 하지 않은 탓도 있겠지만, 어떻든 전 같은 고급 양복차림도 아니었다. 그렇게 수수한 차림에도 불구하고 그의 용모는 여전히 기품이 있고 멋있어 보였다. 그러나 그는 어딘가 지쳐 보였다. 이날 내 기억에 가장 강하게 남은 외삼촌의 모습은 대청 마루의 기둥 옆에 혼자 서 있던 모습이다. 외삼촌은 앞산 위로 흘러가는 흰 구름을 무연이 바라보고 있었다. 그것은 바로 며칠 전 그렇게 신바람이 나 있던 누나와는 딴판인, 외롭고 시름 있는 사람의 모습이었다. 승승장구하는 군대의 뒤를 좇아 대민 선무공작을 하러 온 승리자가 마땅히 보였을 의기양양함은 어디에서도 찾아 볼 수 없었다.

며칠 후 외삼촌은 다시 와서 자기 집에서 하루를 묵었다. 그날 저녁에 외삼촌은 마루 위의 등의자에 앉고 다른 친척들은 마루 바닥에 앉아서 여러 가지 이야기를 했다. 그때 누군가 젊은 축에서 외삼촌에게 질문을 했다.

"김일성 장군을 직접 만나 보신 적이 있으십니까?"

"음, 있지."

"어떤 분인가요?"

그 당시 거리마다 김일성의 초상화가 붙어 있었고 그를 찬양하는 플래카드와 벽보가 도처에 널려 있었다. 그런 선전에 의하면 그는 전설에나 나옴직한 불세출의 영웅이었다. 그러나 어른들은 그가 가짜 김일성이라고 수군대었다. 그래서 그 진위를 알고 싶었던 나는 외삼촌의 대답이 어떤 것일지 자못 궁금하였다. 그러나 외삼촌은 "이제 차차 알게 될 거다." 하고는 말을 끊었다. 내게는 그것이 뜻밖의 대답이었고, 왜 확답을 안해 주는지 이해가 안 됐었다. 그로부터 한참 세월이 지난 후에야 나는 그때의 외삼촌의 심경을 헤아릴 수 있게 되었다.

나는 그 이후로 외삼촌을 다시 보지 못했다. 그러나 이 두 번의 경험은 나에게 깊은 인상을 남겼다. 그는 내가 본 중에 가장 수려한 용모를 가진 사람이었다. 그런데 그의 수려함은 단순히 외면적 아름다움만이 아니라 내면의 아름다움이 배어 나와 함께 빚어내는 효과였다. 그래서 그와 같이 있으면 그의 수려한 외모에 경탄할 뿐만 아니라 그의 고매한 인격에 감화되어 저절로 존경심이 우러났던 것이다.

외삼촌을 마지막으로 본 후 나는 어머니의 이야기와 그의 작품을 통해서 그를 더 깊이 알게 되었다. 육이오 때 초등학교 5학년생이었던 나는 골방에 쌓여 있는 책들 중에서 외삼촌의 작품을 찾아 읽기 시작했다. 특히 『사상의 월야』는 사실상 그의 자서전이기 때문에 여러 번 읽었다. 읽을 때마다 서러움이 복받쳐 소리 죽여가며 울었지만, 그래도 자꾸 읽었다. 이모와 외삼촌, 그리고 어머니 삼남매가 천애의 고아로 그렇게 모진 고생을 해가며 자란 사실을 나는 그때 처음 알았다. 그런 역경과 가난을 이기고 이 땅의 대 문장가로 우뚝 서게 된 외삼촌이 그래서 더욱 자랑스러웠다.

특히 내게 놀라웠던 것은 외삼촌의 그 고아한 인품이었다. 대개 어려서 심한 고생을 한 사람은 성공한 후에도 그 가난의 티가 어디인지 남아 있는 것이 상례이지만, 외삼촌에게서는 전혀 그런 흔적이 보이지 않았던 것이다. 우선 그의 용모가 가히 옥골선풍이라 할 수 있어서 그를 본 사람은 그가 청소년 시절에 처참할 정도의 고생을 했다는 것을 상상할 수 없었다. 게다가 그의 취향 또한 고상하고 기품이 있는 것이었다. 그는 자기의 고향 철원의 고가를 헐어 그 재목을 가져다 성북동 집을 지었다. 그리고 상심루賞心樓라는 사랑을 따로 짓고 거기서 집필을 했다. 그것은 껍질을 벗기지 않은 나무로 기둥을 세우고 지붕에는 커다란 삿갓 모양으로 둥글게 짚을 얹은 초당이었는데 거기에 마루와 방 한 칸을 들였던 것이다. 그리고 연조 깊고 조촐한 탁자 위에 청자와 백자를 올려놓고 벽에는 서화를 걸어 놓고 완상하면서 책을 읽고 글을 썼다. 창 밖에는 파초와 모란과 자목련 등을 심었다.

외삼촌은 먹고 입는 것도 무척 가려서 했다 한다. 또 물건도 품위 있고 고급한 것들을 썼다고 한다. 가령 내가 본 낚시대들만 하더라도 하도 정교하고 아름답게 만들어져서 고기를 잡는 도구라기보다는 차라리 예술품이라고 할 만한 것들이 많았다.

그렇다고 그가 돈을 자기의 기호만을 위해 쓴 것은 아니었다. 그 당시 인기가 있었다 하더라도 문사들의 생활이 대개 그렇듯이 외삼촌도 금전적으로 별로 여유가 없었지만, 도움을 청하는 사람에게는 어떻게 해서든지 도움을 주었다 한다. 어머니는 가끔 자랑 반, 원망 반으로 이런 말을 했다. "너희 외삼촌이 어려서 끼니를 못 이을 때는 거들떠보지도 않던 고향사람들이 너희 외삼촌이 성공하고 나니까 옛날에 마치 무슨 큰 도움이나 준 것처럼 찾아와서 손들을 벌렸단다. 그러면 너희 아저씨는 없는 돈을 변통해서라도 빈손으로 돌려보내지 않으셨단다. 이제는 고향사람 쳐 놓고 너희 아저씨 신세 안 진 사람이 없을 것이다." 그의 단편 「영월 영감」을 읽었을 때 나는 어머니의 이 말을 떠올렸다. 그리고 아끼던 골동품을 처분하여 돈을 마련해서 친척 어른에게 주는 성익이 바로 외삼촌 자신이었음을 알게 되었다. 이처럼 그에게는 궁핍한 사람에게 자기의 재물을 흔쾌히 나누어주는 너그러움이 있을 뿐, 그가 고생할 적에 도움을 주지 않은 친척들에 대한 원망이나 고까운 마음은 그의 글이나 행동 어디에서도 찾아 볼 수가 없었다. 그것은 가난과 고생도 훼손할 수 없었던, 그가 타고 난 너른 도량 때문이라고밖에 생각할 수 없었다. 용모

뿐만 아니라 마음으로도 그는 귀족이었다.

어머니는 우리에게 이 밖에도 외삼촌에 관한 이야기를 많이 하였다. 예컨대, 독립심이나 의지력, 의협심과 정의감, 점잖은 처신이나 의연한 태도 등을 우리에게 가르칠 때는 의례 외삼촌을 그 전범으로 삼아 그의 일화를 들려주었다. 어머니가 특히 외삼촌에 관해 자주 말해 준 것은 그의 강고한 항일정신이었다. "너희 아저씨가 골동품을 수집하기 시작한 것은 왜놈들이 우리 문화재를 자꾸 사가니까 그들에게 빼앗기지 않으려고 사 모은 것이란다." "너희 아저씨는 끝까지 창씨개명을 하지 않으셨단다. 무슨 때만 되면 성북서에서 일본 형사가 예비검속을 나와서 이 트집 저 트집을 잡으며 협박을 했지만 너희 아저씨는 굴하지 않으셨단다." "조선사람으로 집에서 일본 옷 입고 일본말 쓰는 자들은 사람으로 보지 않으셨느니라." 라는 등의 이야기로 어머니는 우리에게도 반일감정을 고취하였다.

나중에 나는 그의 작품에서 그 점을 쉽게 확인할 수 있었다. 누대로 붙여먹던 땅이 일본인에게 넘어가면서 생활터전에서 쫓겨나 처자까지 잃고 거지가 된 소작농, 생활고로 몸을 파는 자신을 보고 자살한 어머니의 시체를 병풍 뒤에 놓고 다시 밤거리에 나선 독립운동가의 딸, 등을 소재로 한 그의 단편들에서 나는 어떤 극렬한 정치적 항변보다도 더 강한 반일사상을 느낄 수 있었던 것이다. 또 당시의 체제에 영합하고 권력에 빌붙어 소위 출세하려는 순응주의자들에 대한 그의 경멸은 거의 노골적이었으며,

그런 대목은 그의 작품 도처에서 찾아볼 수 있었다. 반면에, 억압적인 식민지 상황에 갇혀 울분과 절망을 토로하는 의식 있는 지식인도 그에 못지 않게 자주 등장했다. 이런 내용의 작품들을 읽으면서 외삼촌이 삼켰을 분루와 통한을 간접적으로 느끼며 나 역시 강개하여 마지않았던 것이다.

이처럼 내가 알기로 외삼촌은 훌륭한 덕목들과 더불어 강한 항일정신을 갖고 있었다. 그래서 그의 작품의 주인공들이 느낀 울분이 그저 울분으로 그쳤을 뿐이고, 좀더 적극적인 행동에로 이어지지 못한 점을 들어 그의 항일정신의 철저성을 의심하는 비판을 접했을 때 나는 어처구니없었고 분했다. 그의 문학관과 그의 실제 생활태도를 안다면 그런 그릇된 판단은 내릴 수 없다고 생각했기 때문이다.

외삼촌이 『무서록無序錄』의 여러 곳에서 밝히고 있듯이, 그의 문학관에 의하면 문학은 사상보다는 감정이고 표현이었던 것이다. 그는 문학에서 사상성이나 정치성을 배제할 수는 없음을 인정했지만, 그러나 그것들이 적어도 그가 생각하는 문학의 본질은 아님을 분명히 했다. 그에게 문학을 문학이게 하는 것은 무엇보다도 예술성, 즉, 심미적인 완결성이었던 것이다. 행동을 유발하기 위한 선동적인 구호나 사상을 주입하기 위한 생경한 정치적 선전은 그런 심미적 완결성과는 양립할 수 없는 것이었다. 그가 문학을 통해 할 수 있는 정치적 행위는 독자들로 하여금 식민지 상황에 대해 울분을 느끼게 하는 것이었다. 즉, 이 땅의 지식인들의 의식을 자극하여 일깨우고, 그럼으로써 그들에게 민족의식을 고취하는 것이었다. 그러한 암울한 상황을 타개하기 위해서 그들이 해야 할 구체적인 행동은 그들 각자가 생각해 내고 실천해야 하는 것이며, 그런 의미에서 그것은 그들 각자의 몫인 것이었다.

외삼촌 자신은 그러한 자기의 몫을 충실히 실천했다. 그는 한글로 작품을 씀으로써 우리 민족의 말과 글을 가꾸었으며, 우리 민족의 전통 문화와 역사를 지키고 전승하는 데에 누구 못지 않게 큰 공헌을 했다. 이런 면에서 단편 「돌다리」의 노인은 그의 사상의 한 대변인이라고 볼 수 있다. 세상 사람들이 모두 신식 것을 좇으려 하지만, 그런 시류에 현혹되지 않고 대대로 내려오는 논밭을 고집스럽게 가꾸고 지키며, 난간까지 있는 새 나무다리가 있건만 굳이 오랜 돌다리를 고쳐 씀으로써 조상과의 맥을 튼실히 이어가려는 노인은 바로 우리말을 통해 민족 문화를 계승하려던 외삼촌의 모습이었기 때문이다.

그것이 일제치하에서 그가 조선의 소설가, 예술가로서 해야 할 의무로 생각했던 것이다. 일제가 『문장文章』지를 일어로 내도록 강요했을 때에 폐간을 결정하지 않을 수 없었던 것도 이런 맥락에서 이해되어야 할 것이다. 나중에 일제의 강압에 의해 그가 한두 편 친일적인 작품을 쓴 적이 있으나 그것은 당시 그만한 위치에서 글을 쓰는 사람치고 안할 수 없는 일이었을 것이다. 그러나 그가 그것을 얼마나 큰 굴욕으로 느꼈는지는 그가 결국 붓을 꺾고 시골로 숨어 버린 사실이 웅변으로 말해 준다. 그는 평생의 업으로 생각했고, 그 시대 그 상황에서 자기로서 할 수 있는 유일한 의미 있는 행위라고 생각했던 것을 포기한 것이었다. 그것은 소설가로서는 자살을 뜻하는 것이었다.

그뿐만이 아니었다. 남들처럼 부모가 끼친 짙은 천량이 있는 것도 아니었고 하다못해 선산에 위토位土라도 있어서 땅을 파먹고 살 수 있는 형편도 아니었다. 일곱 식구의 가장이었던 그는 자기만 바라보고 있는 처자의 호구지책을 자신의 사상을 위해서 내던졌던 것이다. 혹 고생을 모르고 자란 사람이 한 결정이라면 그것을 낭만적 행동이라든지 아니면 일시적인 객기라고 칠 수도 있을 것이다. 그러나 배고픈 고통이라면 그는 끝까지 가 본 사람이었으며 그래서 그런 결정이 무엇을 뜻하는지 누구보다 잘 알고 있었다. 그러므로 그것은 다시 그 무서운 고통을 당하더라도 일제가 바라는 글은 쓰지 않겠다는 결연한 의지의 표명이었으며, 그런 의미에서 생명을 건 비장한 결단이었다. 그의 문학은 정치적 성향이 적었을지 몰라도 그가 문학을 하는 태도는 이렇게 투철하게 정치적으로 무장되어 있었다.

그러나 외삼촌이 그의 예술적 신념으로 인해 가장 무서운 시련을 겪게 된 것은 아마도 이북에서였을 것이다. 임화林和가 권력투쟁에서 밀려 숙청될 때 함께 숙청되었다고 하지만, 들리는 소문에 의하면 그 전에도 그의 소위 부르주아적인 문학성으로 인해 그는 많은 비판을 받았다 한다. 주지하는 바와 같이 이북에서 숙청이나 비판을 받아 몰락하면 그 처참하기가 차라리 죽느니만도 못한 것이다. 외삼촌은 그 혹독한 고통을 겪으면서도 자신의 예술관을 버리지 않은 것이 분명하다. 만약 그가 숙청된 다음에라도 마음을 바꾸어 이북 체제에 순응하는 글을 썼다면 그의 작품이 그렇게 철저히 말살되지는 않았을 것이다. 외삼촌은 필경 예술을 위한 순교자의 길을 택했던 것이다.

외삼촌이 천신만고 끝에 고학으로 근근히 다니던 휘문중학에서 동맹휴학의 주모자가 되어 퇴교당한 사실은 흔들리지 않는 그의 정의감과 의지를 잘 보여주는 한 예이다. 이와 함께 그의 굳은 항일정신과 굽힐 줄 모르는 예술적 신념 등을 연결해 생각하면 그를 대단히 강한 성격의 소유자로 보기 쉽다. 그러나 실제의 그는 온화하고 다정하기 그지없었다. 그를 스승으로 여기어 따르는 젊은이들이 많았던 것은 그의 민족주의적 사상을 숭앙해서만이 아니라 이 같은 다정다감한 성품에 매료되었기 때문이기도 했을 것이다. 그는 특히 인정이 많아서 소외되고 불쌍한 사람들을 남달리 측은히 여겼다 한다. 「불우선생」의 송모나 「달밤」의 황수건 등의 이야기가 우리에게서 깊은 페이소스를 자아내는 것은 그들을 바라보는 작가의 눈이 그만큼 깊은 연민과 애정으로 가득 차 있기 때문일 것이다.

나도 내가 기억하기로는 외삼촌과 단 두 번의 해후밖에는 없지만, 그 두 번의 만남과 어머니와 형들이 전해 준 이야기들과 그의 작품을 통해서 내 마음속에 새겨진 외삼촌은 그의 빛나는 용모 못지 않게 인자하고 다정한 모습이다. 그는 감히 범접할 수 없을 만큼 높은 인격의 소유자이면서도 다정하게 우리 곁에 와 주는 자상한 아저씨였다. 그런 점에서 일찍이 노산鷺山이 단편집 『달밤』의 서문에서 외삼촌을 "달밤과 같은 사람"이라고 말한 것은 정곡을 얻은 평이라 아니 할 수 없다. 그의 고고하고 의연한 자태나 맑고 청아한 인품은 과연 청천 하늘에 높이 뜬 밝은 달에 비유해 손색이 없다. 그러나 그렇게 높이 떨어져 있기만 한 것이 아니라, 달이 달빛으로 삼라만상을 감싸듯이, 그도 우리 삶의 현장을 깊은 애정을 가지고 보듬었다는 점에서도 그는 달밤을 닮았다. 그러나 그의 달밤은 어딘지 은은한 슬픔이 배어 나오는 달밤이었다. 그 슬픔은 당시 조선사람들이 처해 있던 참담한 현실에서만 오는 것은 아닌 것 같았다. 그것은 좀더 근원적인 슬픔, 곧 삶의 근저에 내재하는 비극성에서 오는 것처럼 깊은 것이었기 때문이다. 그렇다면 그는 어쩌면 자기의 슬픈 운명을 처음부터 예감하고 있었는지도 모른다.

어떻든 이제는 이 세상을 떠나 하늘에 가서 쉬고 계실 나의 외삼촌. 생시에 그리 좋아하시던 이태백李太白과 함께 둥근 달 위에 앉아 술을 나누시며 이제는 맑고 밝기만 한 달빛, 슬픔 없는 달빛으로 하계를 비춰 주실 수 있기를 기원할 뿐이다.

문인들의 친필서한

근원 김용준이 그린 상허 얼굴.
1904년 동갑생인 근원과 상허는 일본 유학시절에 만나
깊은 교우관계를 지속했다.

문인들의 친필서한

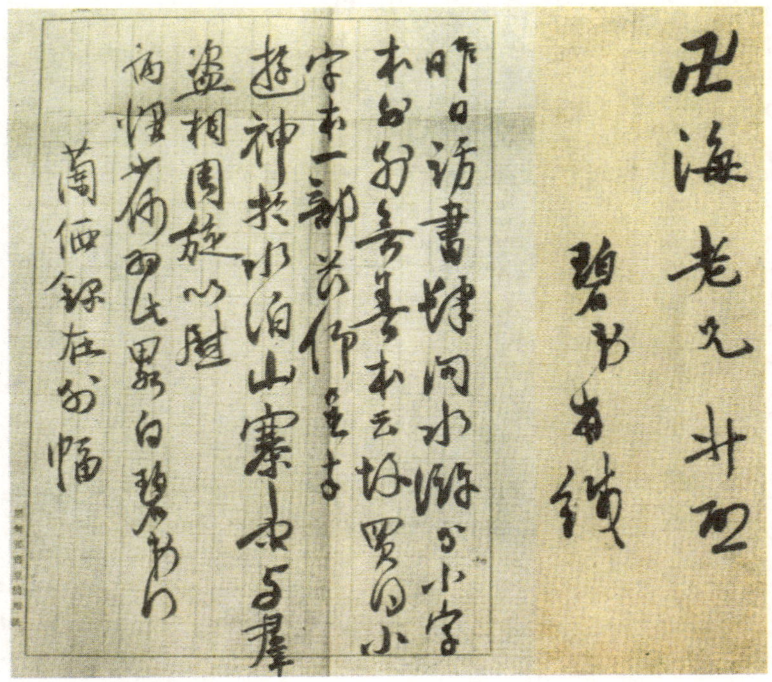

홍명희가 만해 한용운에게 보낸 편지

卍海老兄狀照 碧弟拜緘 昨日 訪書肆門水滸則小字本外別無善本云故買得小字本一部玆仰呈幸遊神於水泊山寨之間與群盜相岡旋以慰病懷如何爲此略白 碧 弟 拜
蘭價錄在別幅

어제 책방을 찾아 수호지를 물었던바 작은 글씨로 된 것 외에는 더 좋은 책이 없다고 하더이다. 그래 소자본을 사서 한 부를 여기에 부쳐 드리는 것입니다. 마음을 물나라 산채 가운데 두고 뭇도적들과 더불어 근심 걱정을 털어버리는 것이 어떻겠습니까. 이만 줄이옵고 벽초 제 사룀. 난가록이 다른 장에 있습니다.

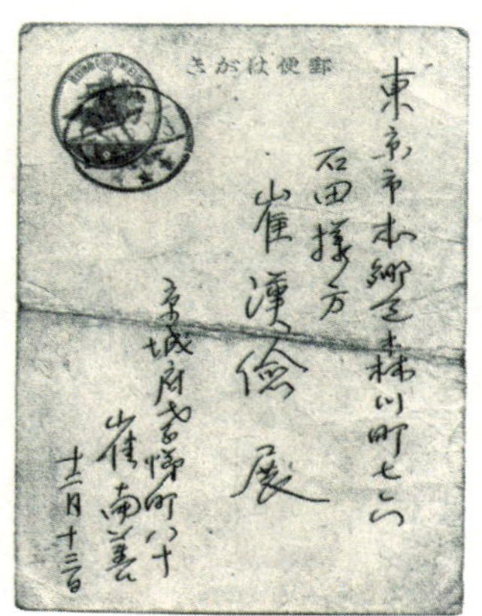

최남선이 최한검에게 보낸 엽서

電報 보앗다. 明 月曜 電送하려 한다. 古本店을 돌아서 向來에 부탁한 것(桑原 東洋史說苑 藤田 東西交通史研究 등)과 그 외에도 岩波講座의 東洋思潮 또 日本歷史의 有無 乃至 그 價格을 살펴보며 또 『白鳥博士 還曆記念東洋史論叢』 『內藤博士 還曆記念支那學論叢』이 있거든 購來하며 富山房에 가서 百科文庫 中의 『森槐南著 唐詩選評釋』 上下가 있거든 購入하며 또 佐伯好郎 著 『景教碑文研究』(東洋文庫 出版 新刊改訂本○舊版 小本은 不要)도 눈에 보이거든 사오기 바란다. 이만 다른 말 접는다.

이광수의 친필

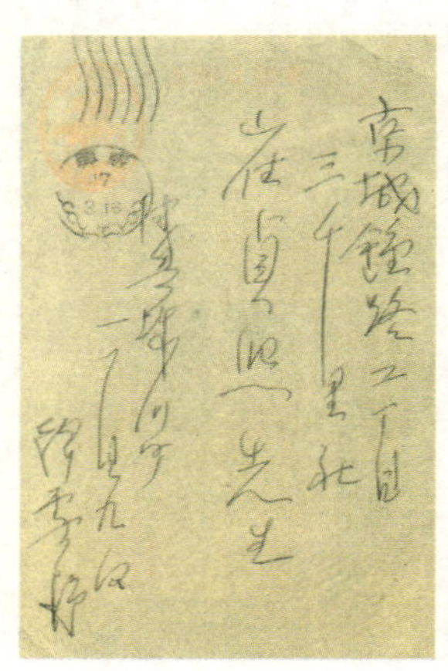

한설야가 최정희에게 보낸 엽서

편지 잘 보았습니다. 지금 手中에 없사와 副誠치 못하옵는 바 生의 短篇集『韓雪野短篇集』 中의 「강아지」와 亦是 短篇集 『歸鄕』 中의 「林檎」이 生의 作品으로는 第一 쩌른 것이라고 믿습니다. 두 冊 모다 아무 書店에라도 있을 듯합니다. 前者는 博文 後者는 永昌 刊行임니다. 近日 또 命源君석 건 上京할 것 같습니다.

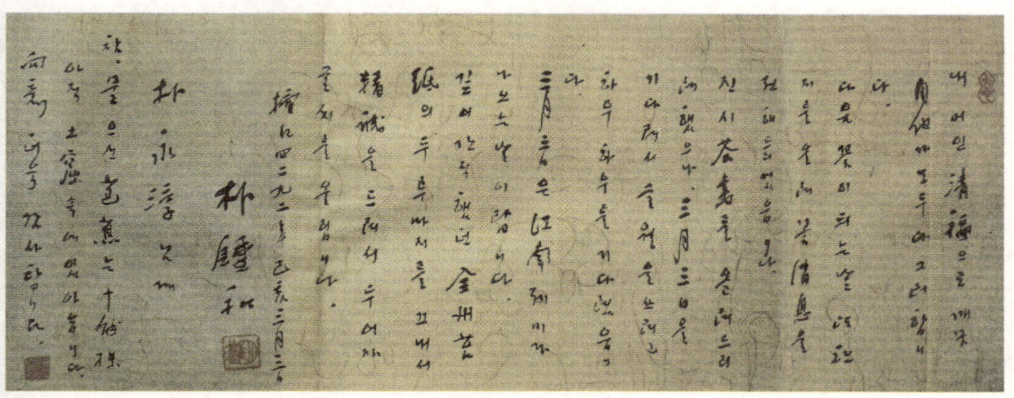

박종화가 서지학자 박영돈에게 보낸 서간

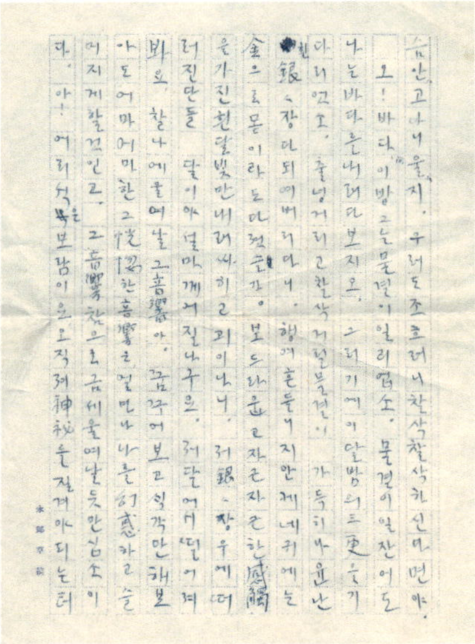

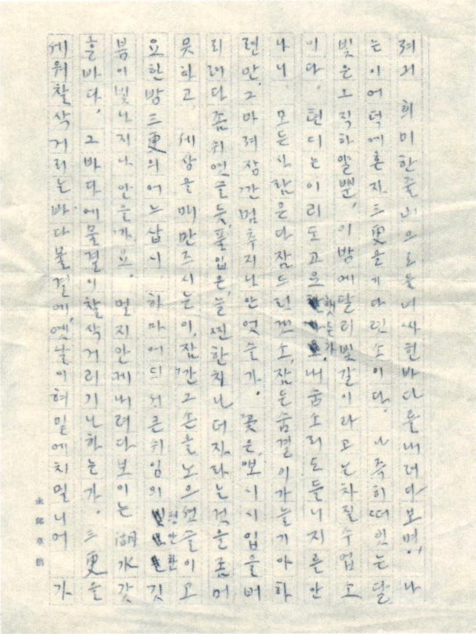

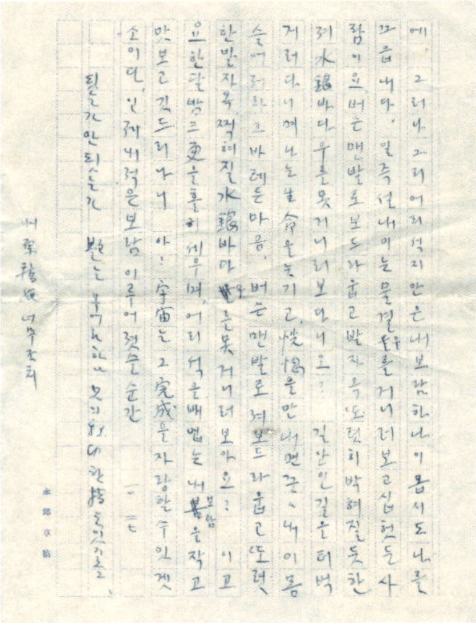

김영랑이 박용철에게 보낸 편지

김영랑이 서신 형태를 빌어 쓴 시라고 생각한다. 또 이 편지 글 마지막에 "내 원고지 너무 조치"라는, 새 원고지를 자랑하는 재미난 문장이 보인다.

도습도 글과 같으이 옥이실가 하와 내처
그리븐 차에 이제 글월 받자와 뵈오니
바로 앞에 앉으신듯, 길게 넛지
안녕으신 사연에 정이 도로혀 면면히
그치지 아니하시오며 나를 보고 스승이란
말씀이 만부당하오나. 구지 스승이라
부르실 바에야 스승 못지 않은 형노릇
마자 구태여 사양할것이 아니오매 이제로
내가 형이로라 거들거리며 그대를
공경 하오리다. 지리한 장마에 아주
근친 가시지 않으신듯 향대 안후 종종
들으시며 공부 날로 힘쓰시는지, 부칠
詩가. 공부중에도 낳은 공부에
것이오나 詩도 靑春에 병되기 쉬훈
것이 아닐수도 없을가 하오나 귀하신
몸도 마차 쇠를 고느실만치 든든
하시기 빌으오며 비개고 날들거든
葉書 한장 띄워 나르자 알리시고
놀러 나오시기 바라며 두어자로 총
총 이만

七月 二十五日 지용

芝薰 賢弟 앞

정지용이 조지훈에게 보낸 편지

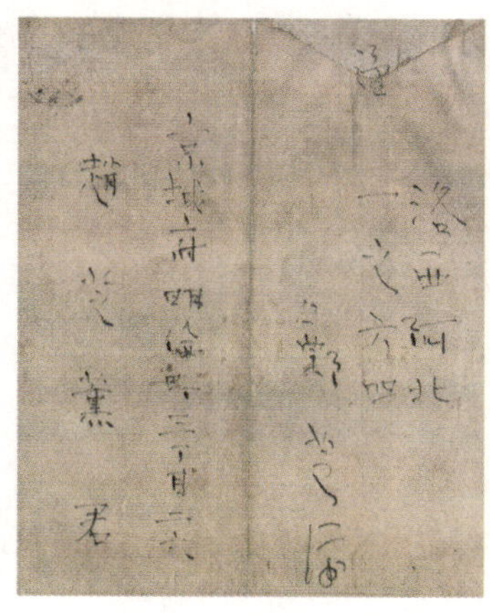

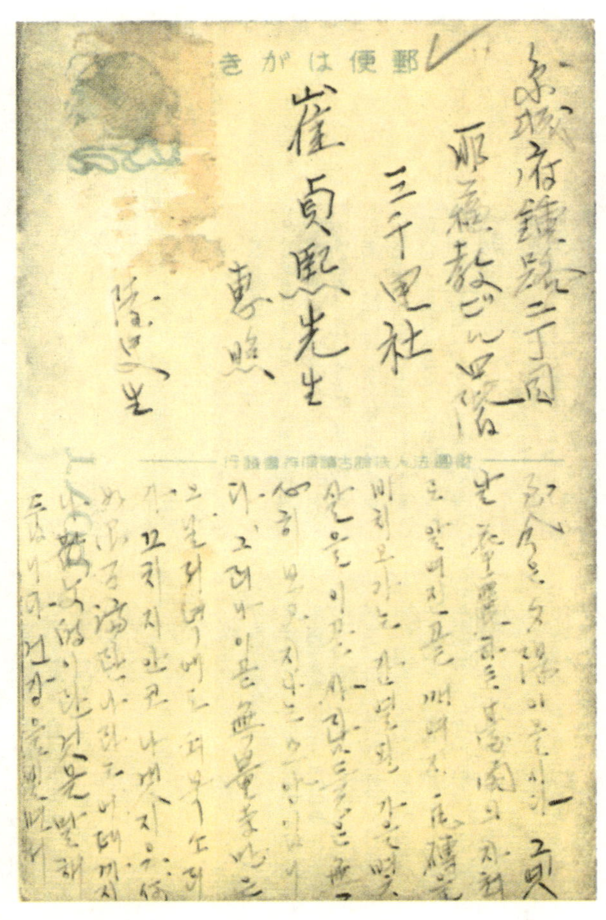
郵便はがき

三千里社

崔貞熙先生 惠照

陸史生

이육사가 최정희에게 보낸 엽서

至今은 夕陽이올시다. 그 옛날 화려하든 臺閣의 자최로 알여진 곧 깨여지 瓦甎을 비치고 가는 간열핀 가을볓살을 이곧 사람들은 無心히 보고 지나는 모양입니다. 그러나 이곧 無量寺만은 오날 저녁에도 쇠북소리가 끄치지 안코 나겟지요. 何如間 百濟란 나라는 어데까지나 散文的이란 것을 말해둡니다. 건강을 빌면서.

2.

1.

李女史! 새집 재미와 손자 재롱에 세월 가는
줄 모르시겠읍니다. 그동안 정말 감사했읍니다.
결코 별로 문화 인生도 되지 못했읍니다. 나는
그동안 몸이 약한 잠기를 [illegible] 나빴으나
이제 夕陽 생기가 올때까지는 버티었읍니다.
오늘은 [illegible] 李화룡(희곡 후보자)이
광릉 별장에 단풍을 보러 가자고 하는데 (그곳
은 別有天地입니다. 사운이 二十에 [illegible]
기묘한 곳입니다. 李女史 夫婦와 [illegible] 同行 기회
가 있었음 나는 [illegible] 못가서 일구월심으로

가보고저 소원하던 勝地입니다) 꼭 맘에 맞는 친구
들과 가자는 초청을 받고, 내게는 아무리 생각해도
景勝을 즐기고 정서가 고운 李女史밖에
떠오르지 않아 전화는 不便이라 한둘이 운전수
를 새벽같이 오래서 [illegible] 함께 보냅니다.
혹 예약이 있을지도 모르고 교회에 갈는지도 알
지만 모처럼의 가을 [illegible]楓의 好機일 수 꼭 이
車편으로 오십시오. [illegible] 十時 出發이니 [illegible]
까지 安國洞에 가야 합니다. 빨리 준비하실 九時半
[illegible] 내집에 오셔서 함께 가십시오. [illegible]
一九七〇、一〇、一八、 華城 [illegible]

박화성이 이영도에게 보낸 편지

박용철이

여동생 박봉자에게

보낸 편지

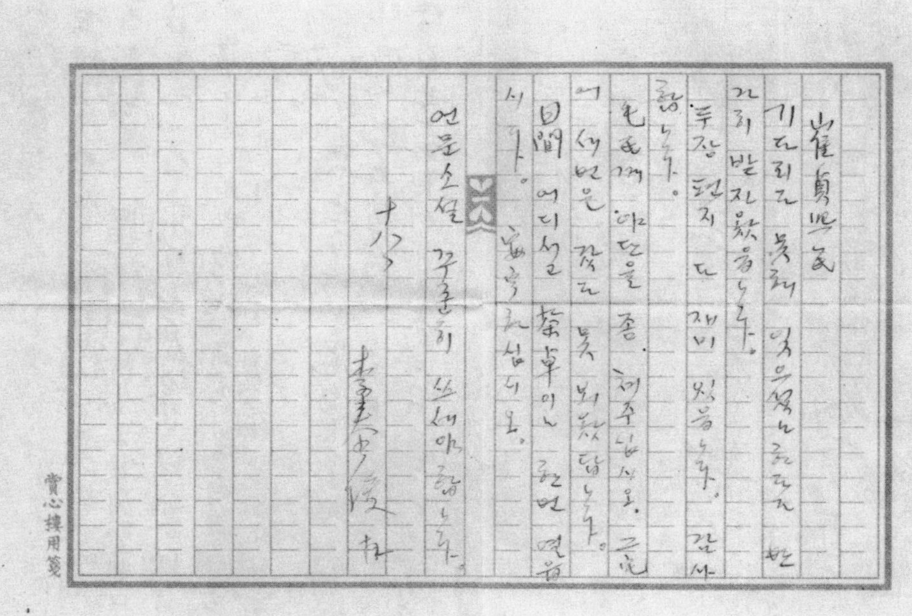

崔貞熙 氏

기다리든 原稿 잊으셨는줄도 반
가히 받자왔읍니다.
두장 편지도 재미 있읍니다. 감사
합니다.
毛氏께 [illegible]을 좀 해주십시오. 그런
데 세번은 찾다 못 뵈왔답니다.
日間 어디서 茶菓이나 한번 뵙
시다. 安寧히 계십시오.
연문소설 꾸준히 쓰셔야 합니다.

十八 李泰俊 拜

이태준이 최정희에게
보낸 편지

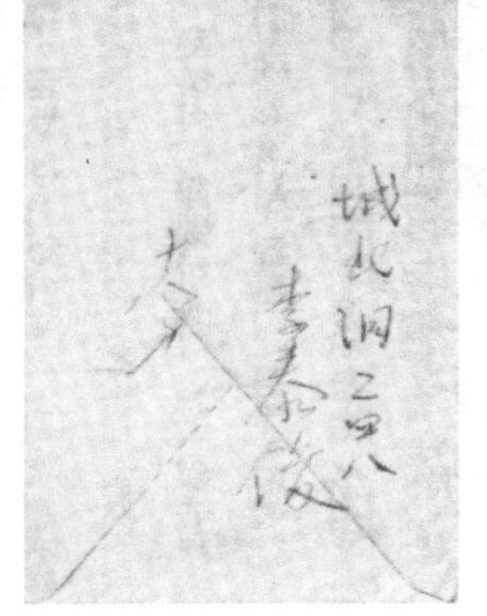

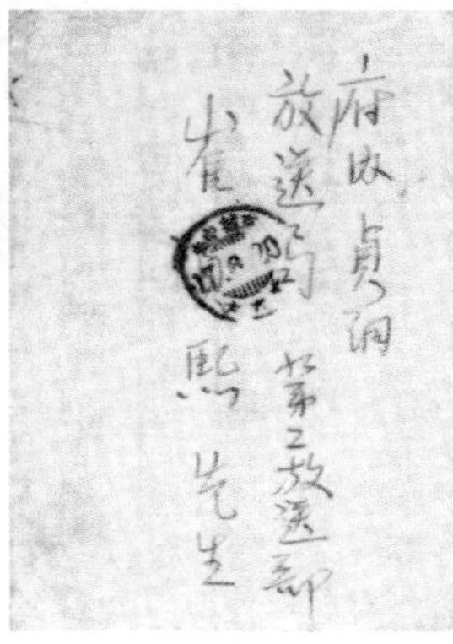

유진오가 최정희에게 보낸 엽서

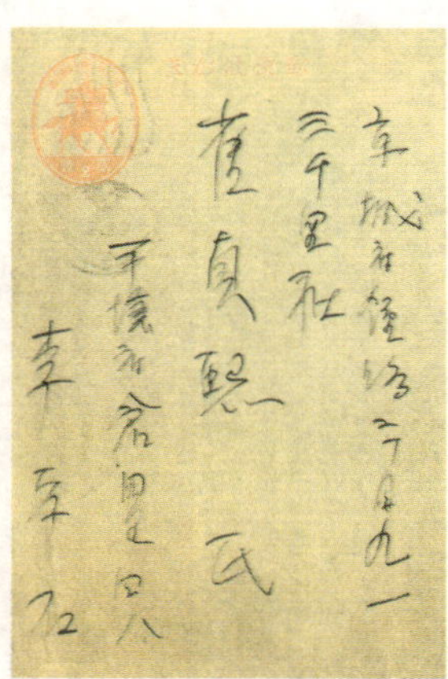

이효석이 최정희에게 보낸 엽서

病院으로 주신 惠緘 感謝히 拜承햇습니다. 腹膜炎에 肋膜炎을 兼해 入院二週日이 넘사오나 조금 差度가 잇는 듯도 합니다만 원체 長期에 亘하는 것이라 하오니 不悃不己옵니다. 한번 틈타 게서 보러 오시지 안으시렴니까. 惠緘 뵙고 깃버하면서 외이기에 제가 數字 代筆 仰言하옵니다. 저도 요세 看病에 다른 情神 업습니다. 十二月 二十日

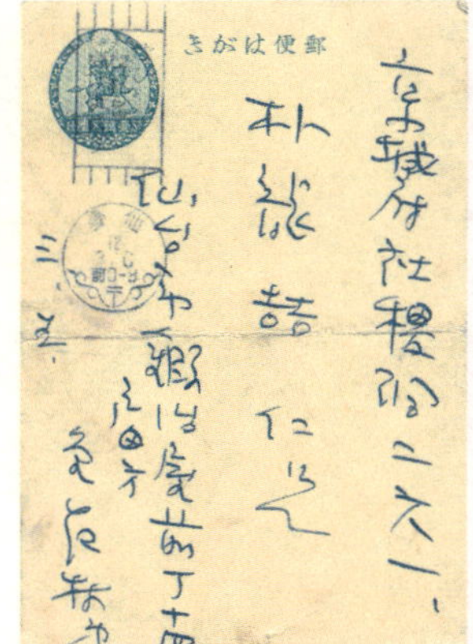

김기림이 박용철에게 보낸 엽서

最愛한 당신! 언니께선 오셨었습니까?
여러가지로 마음바쁘셨겠습니다. 大邱서
돌아와서 마음의 孤寂과 佛國 幸福으로
보내신 글을 받았습니다. 그 사연에 來日
떠나겠다고 해놓고도 밤새라도 못갈수 있
는 일이 생겼으면 얼마나 좋겠다고 한데
對해서는 당신의 안타까운 心情을 알고도
남음이 있습니다. 당신들의 이 같은 心情을
끝까지 몸 같은 미련으로서 몰라주고는
점점 더 당신을 안타깝게만 떨어뜨리게
마련이 될가 한 限이 못났습니다. 아아 우리
의 뿔우리 같은 이 愛情을 끝까지 지니
고 자랑하려면에는 될 같이 이렇게 互愛
하여서는 못쓰겠지요? 그러나 순한 당
신인들 오늘 그 같은, 一面 어린 생각을
가지게 이르르기까지에는 얼마나 애끓는

유치환이 이영도에게 편지글 중 첫 장

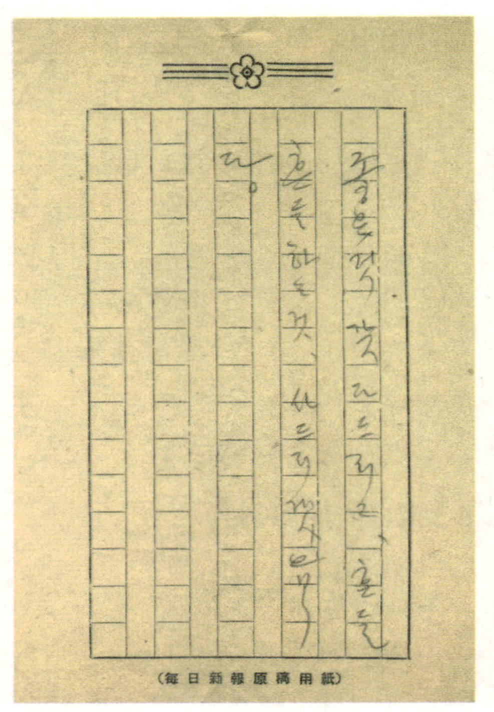

(每日新報原稿用紙)

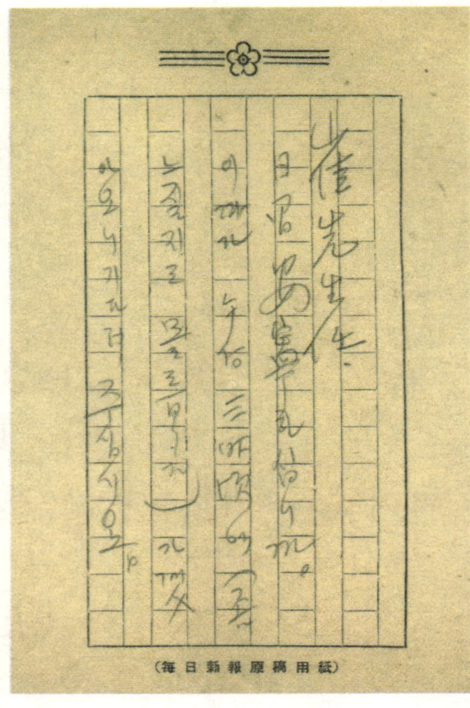

(每日新報原稿用紙)

정인택이 최정희에게 보낸 서신

박태원이 최정희에게 보낸 엽서

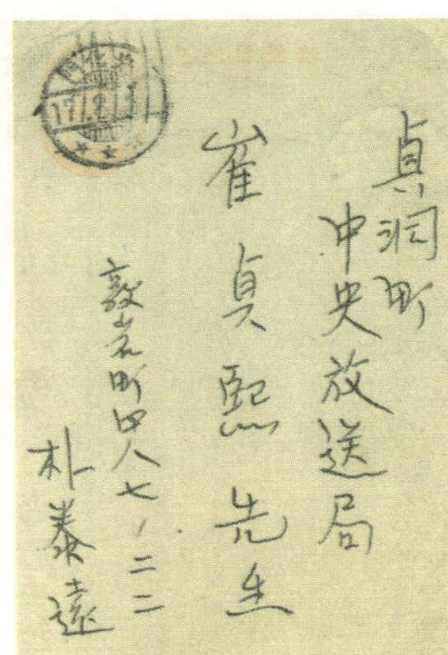
貞洞町
中央放送局
崔貞熙 先生
敦岩町 四八七 / 二二
朴泰遠

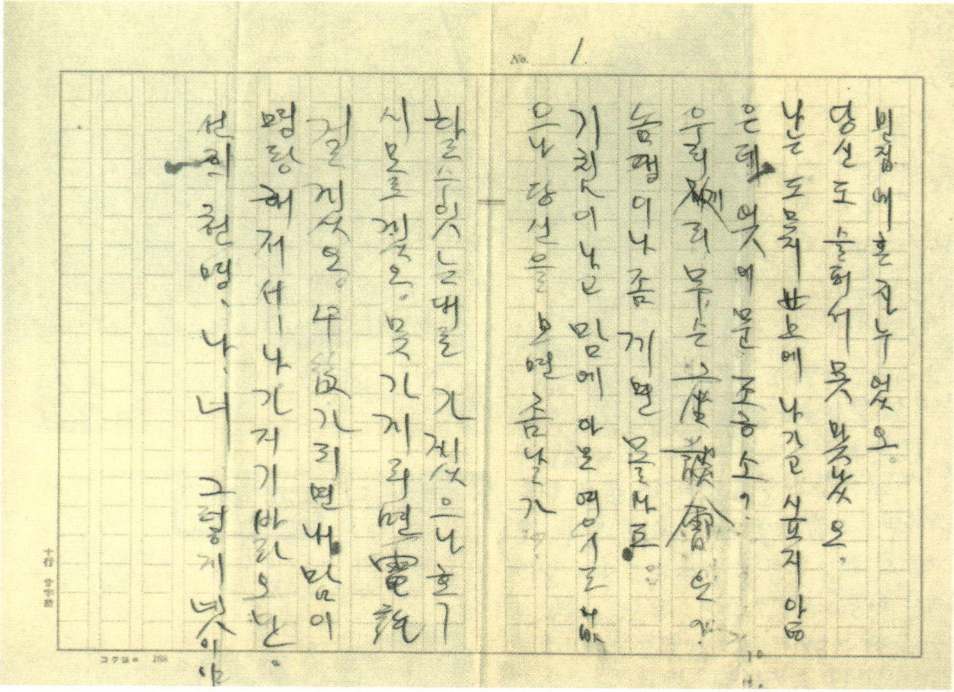

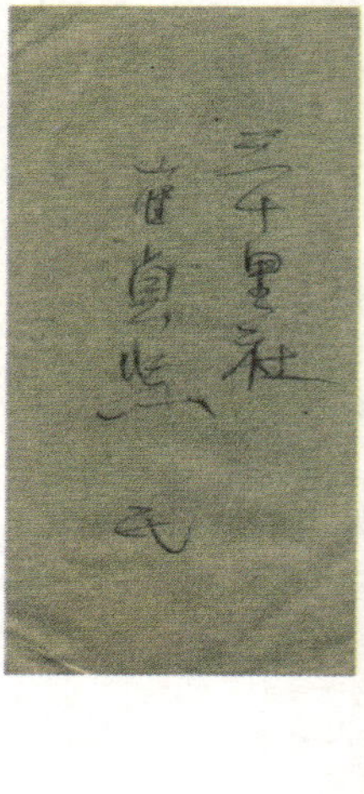
三千里社
崔貞熙
氏

모윤숙이 최정희에게 보낸 서신

안회남이 최정희에게 보낸 엽서

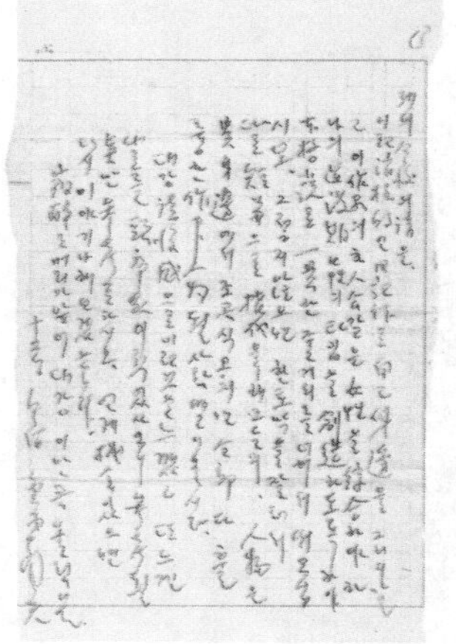

김남천이 최정희에게 보낸 편지

최정희가 김동환에게

보낸 편지

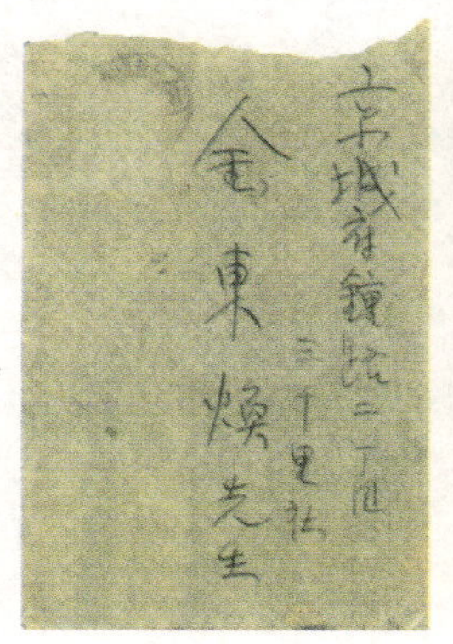

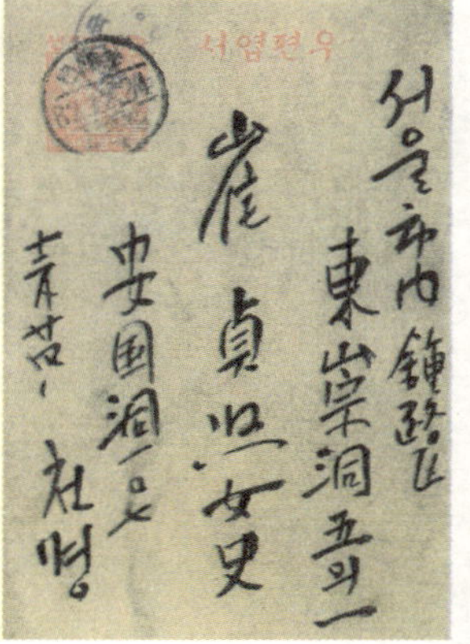

노천명이 최정희에게 보낸 엽서

김동리가 최정희에게 보낸 편지

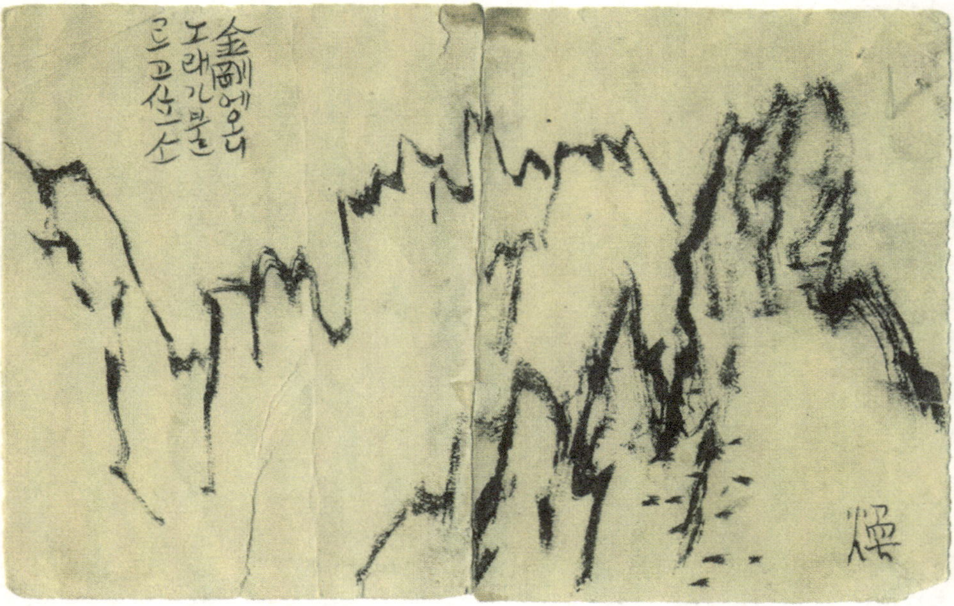

김환기가 최정희에게 보낸 자작 그림엽서

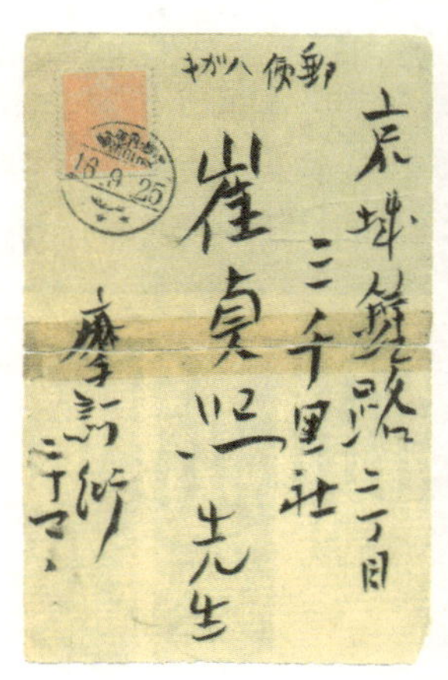

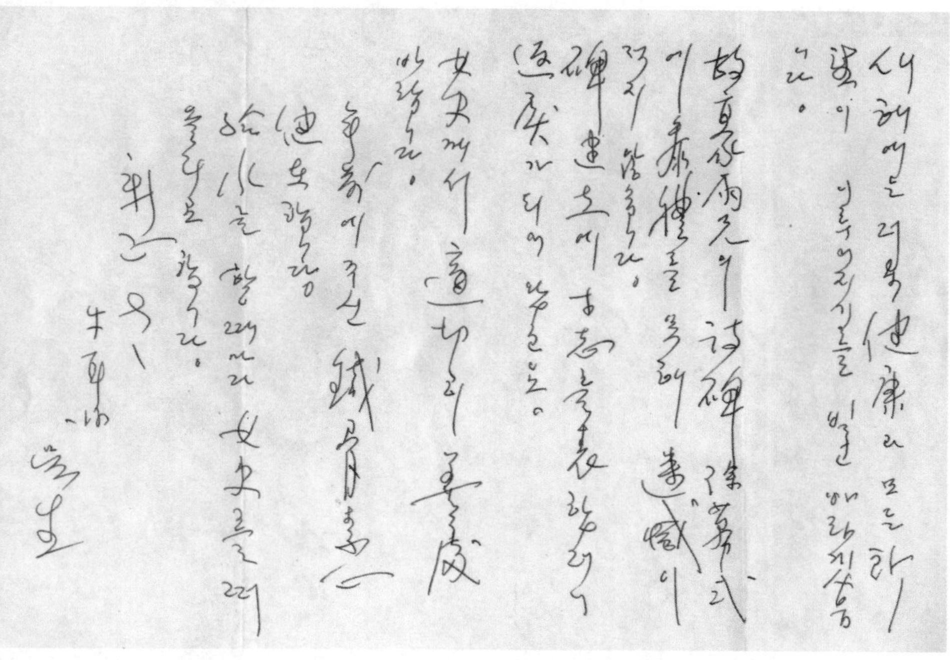

오영수가 이영도에게 보낸 편지

새해에는 더욱 健康과 모든 所望이 이루어지기를 빌고 바라겠습니다.
故 豪雨兄의 詩碑 除幕式에 참례를 못해 유감이 적지 않습니다.
碑 建立에 寸志를 表했더니 반려가 되어 왔고요.
여사께서 적절히 선처 바랍니다.
연전에 주신 철골소심 건재합니다.
給水를 할 때마다 女史를 떠올리곤 합니다.

新正

牛耳洞

吳生

이용악이 최정희에게 보낸 편지

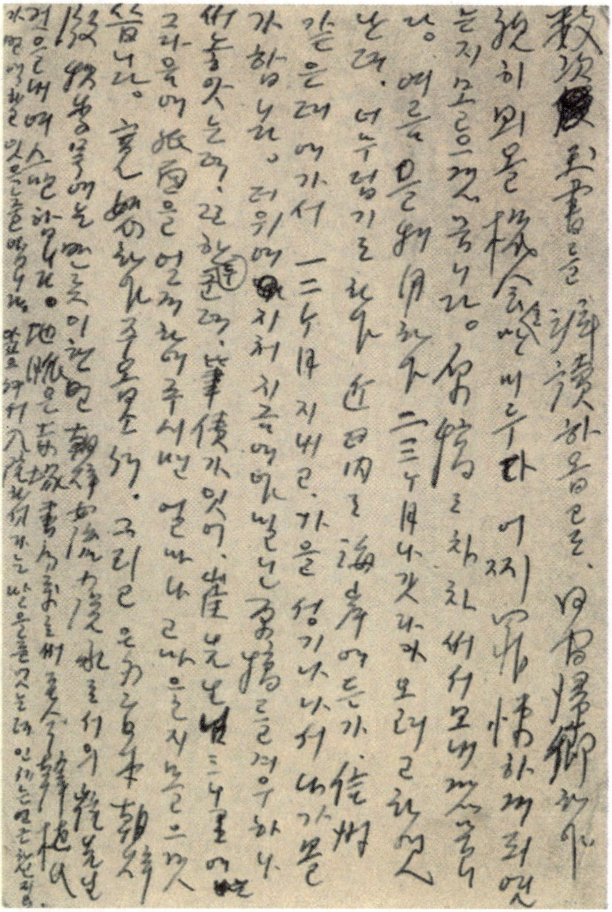

김사량이 최정희에게 보낸 엽서

數次 玉書를 拜讀하옵고도 日間 歸鄕하야 親히 뵈올 機會로만 미루다 어찌 罪悚하게 되엇는지 몰으겟읍니다. 原稿도 차차 써서 보내겠읍니다. 여름을 利用하야 二三個月 나갓다가 오려고 하엿난데, 너무 덥기도 하야 近日內로 海岸에든가 信州같은 데에 가서 一二個月 지내고 가을 성기나 나서 나가볼가 합니다. 더위에 지쳐 지금에야 밀닌 原稿를 겨우 하나써놓앗는데, 또 한두 군데, 筆債가 잇어, 崔 先生님 三千里에는 그 다음에 紙面을 얻게 하여 주시면 얼마나 고마울지 몰으겟씁니다. 容恕하야 주옵소셔. 그리고モダン日本 朝鮮版 秋季號에는 반듯이 한번 朝鮮女流小說家로서의 崔 先生것을 내여스면 합니다. 地脈은 赤塚書房版로써 至今 韓植氏가 번역하고 잇을 줄 압니다. 앞으셔서 入院하섯다는 말을 들엇는데 인제는 편安하신지요.

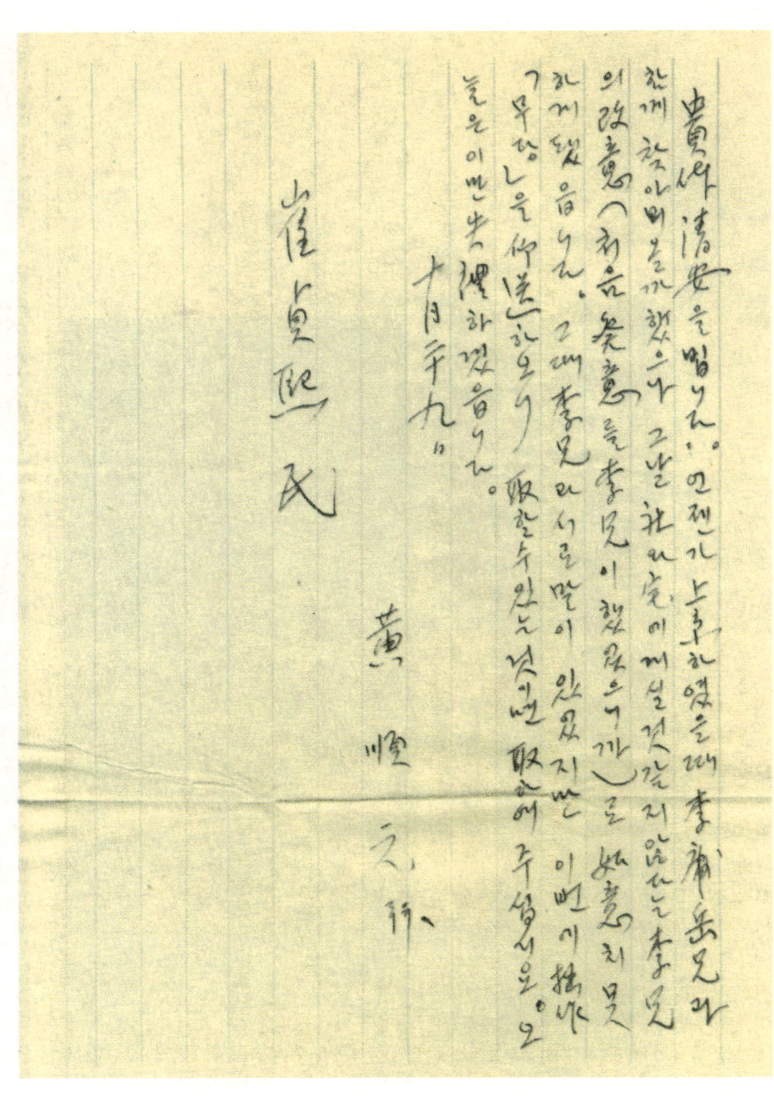

貴体清安을 빕니다. 언젠가 上京하였을 때 李庸岳兄과
함께 찾아뵐까 했으나 그날 社나 宅에 계실 것 같지 않다는 李兄
의 意見(처음 發意를 李兄이 했었으니까)으로 如意치 못
하게 됐읍니다. 그때 李兄과 서로 말이 있었지만 이번에 拙作
「무당」을 仰送하오니 取할 수 있는 것이면 取해 주십시오. 모
[illegible]은 이만 失禮하겠읍니다.

十月卄九日

黃順元 拜

崔貞熙 氏

황순원이 최정희에게 보낸 편지

이영도가 최정희에게 보낸 편지

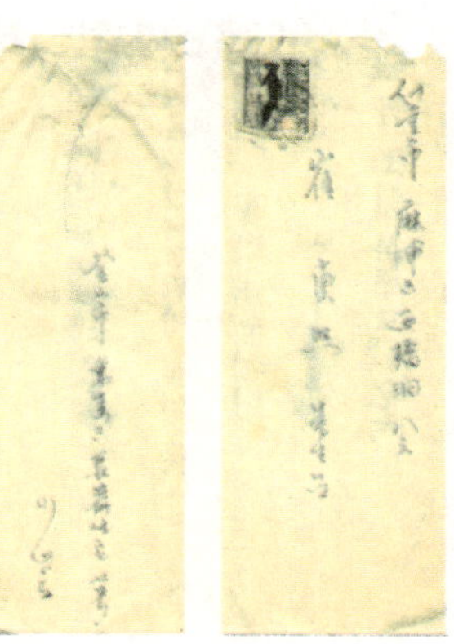

임옥인이 최정희에게 보낸 편지

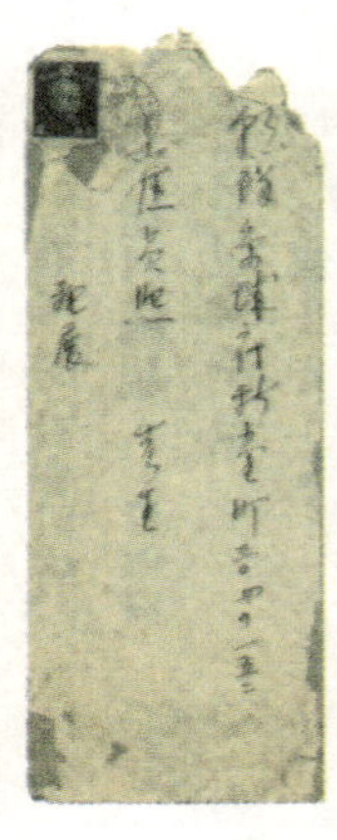

惠緘 받은지 며칠 되오나 身病으로 學校를 쉬고 있기 때문에 回答이 늦어서 未安합니다. 海諒하시기를 바라옵니다.

心性錄은 아직 본 일이 없고 李元龜에 대해서는 鄭寅普先生께 들은 바 있삽고 朴鍾鴻先生께서도 들었읍니다. 그 內容은 한번 읽고 싶고 또 지금 韓研究所에서 編纂中인 「韓國圖書解題」에도 紹介하고 싶습니다.

가까운 時日에 上京하실 機會가 있으시면 좋고 그렇지 못하면 郵便으로 보내주시면 撮影하게 複刷, 借覽, 謄寫 等의 方法을 考慮해 보겠읍니다. 좋은 資料를 死藏하지 않고 公開하려는 뜻을 깊이 생각합니다. 紛失의 念慮에 대해서는 弟가 責任지겠읍니다.

先大人의 畧歷을 간단히 적어 함께 보내주시고 遺稿의 有無를 알려주시기 바랍니다.

五七年 十月 二十日

趙芝薰 拜

조지훈이 서지학자 박영돈에게 보낸 편지

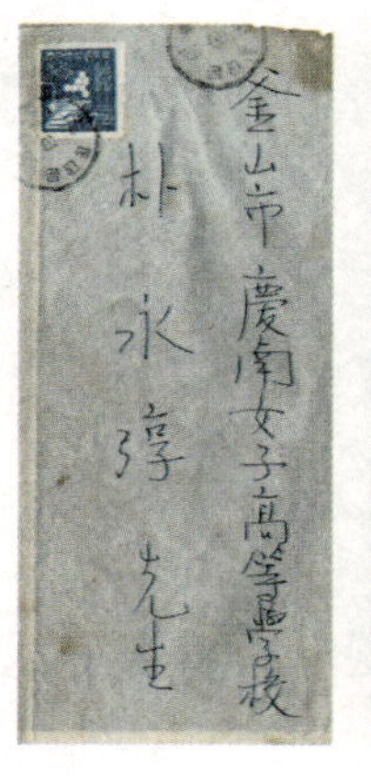

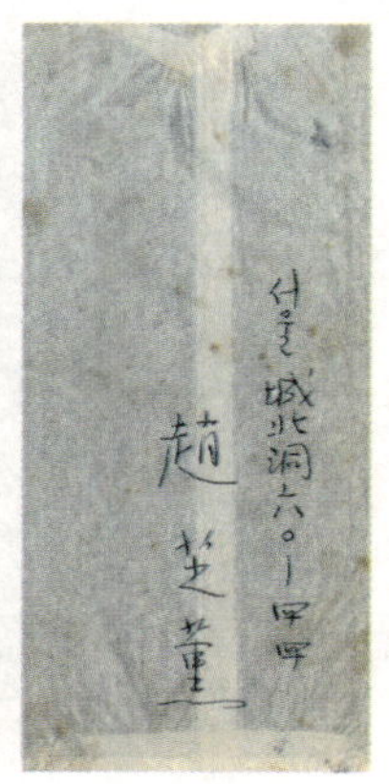

서간문 강화

2004년 11월 10일 인쇄
2004년 11월 15일 발행

저 자 이 태 준
펴낸이 박 현 숙
찍은곳 신화인쇄공사

110-290 서울시 종로구 인사동 153-3 금좌B/D 305호
T. 723-9798, 722-3019 F. 722-9932

펴낸곳 도서출판 **깊 은 샘**

등록번호/제2-69. 등록년월일/1980년 2월 6일

ISBN 89-7416-054-4
ISBN 89-7416-037-4(세트)
※ 깊은샘은 E-mail : kpsm80@hanmail.net
에서 만나실 수 있습니다.
※ 잘못된 책은 교환해 드립니다.

값 10,000원